O galã

que vendia sonhos

O filosofo

Fernando Henrique

Sumário

Como seria bom se o mundo fosse diferente, cheio de cor, muito amor, amizade verdadeira, aliás, se o meu mundo fosse assim já estava ótimo. Ah se eu tivesse a vida dos sonhos, e seu eu tivesse aquele nariz, aquela boca, e se eu fosse bonita como aquela garota, eu seria feliz.

Como ela é perfeita, os looks dela parecem perfeitos nela. A make dela é outro nível, ela parece até profissional se maquiando. Todos os dias está linda, é por isso que ela tem um namorado lindo e elegante, que vida perfeita.

Meu Deus, se eu tivesse nascido ao menos linda, eu poderia ter arrumado um namorado de verdade. Só arrumo traste, só os piores se interessam por mim.

Aff, quando eu chegar naquele curso chato e entediante, nem sei porque estou fazendo. Também minha mãe fica falando na minha cabeça que eu tenho que estudar.

Mas é muito chato ficar em casa, tem nada para fazer. Ao menos eu saio um pouco. Que vida chata e sem sentido. Queria ter nascido rica igual aquelas garotas que vão no shopping. São lindas, têm namorados lindos e dinheiro para aproveitar a vida.

Aliás queria mesmo era ser linda, com esse calor que está de matar, ao menos eu teria alguém para ligar para mim. Nossa, e seu eu tivesse alguém que me comprasse um sorvete.

Eu até poderia comprar, mas.... Aí que tédio, porque eu tenho que comprar? Eu sou garota, queria que um gatinho comprasse para mim, eu saberia que sou amada.

De repente, alguém está cutucando o braço dela e chamando: Moça – por três vezes ela é cutucada até que ela acorda lentamente e volta para o mundo real.

Ela é Patrícia que está na estação a caminho do curso, viajando em seus pensamentos, seu sentido está longe. Ele é Davi, o galã que se mudou recentemente para aquela cidade.

- Moça!

- Ham!

- Esse cartão é seu?

- Sim!

- Estava no chão.

- Ah obrigada – nesse momento Patrícia caí em si.

Seus pensamentos eram profundos e seu sentido estava longe. Ela estava pensando em tudo de ruim que via, sua autoestima nesse momento está lá em baixo. Quando ela percebe que o moço que estava falando com ela era de boa pinta, um galã, ela sorriu em pensamento.

Ele era muito estiloso, usava tênis preto, um jeans rasgado, apertado nas pernas e dobrado as barras. Usava uma camisa floral azul claro com os botões do peitoral aberto e mangas no braço dobrada. Correntes e colares no pescoço, num braço um relógio e no outro bracelete, um brinco de prata na orelha esquerda, óculos de sol no rosto e um cabelo médio do estilo bagunçado, um penteado despojado arrumado com a mão mesmo.

Os pensamentos de Patrícia novamente começam a ir a mil por hora, nem na melhor das hipóteses ela poderia esperar ser abordada por um garoto tão gato. Seu humor muda instantaneamente e ela já se sente feliz.

- Você está bem? – Pergunta ele percebendo que ela parece delirar.

- Sim estou, quer dizer .... Melhor agora – ela percebe que ficou muito na cara sua cantada, sentiu um pouco de vergonha e tentou concertar.

- Quer dizer .... Se você não acha meu cartão eu iria ficar procurando.

- Você parece distraída.

- Estava pensando na vida.

- Que legal, eu também gosto de pensar na vida. Aposto que você só teve pensamentos bons. - Ela deu risada e disse:

- Quem me dera se eu tivesse só coisas boas para pensar ou se a vida fosse tão perfeita assim.

- E porque não seria?

- Nem todo mundo nasce com sorte.

- Mas a sorte pode ser mudada, nós mesmo fazemos nossa sorte com bons pensamentos e energia positiva.

- Ah não é assim não, tão simples. Tem gente que tem sorte, já eu sou azarada! - Risos.

- Que isso menina! Fala assim não, você tem muita sorte sim.

Patrícia estava falando com um estranho, mas até parece que ela iria se importar. Com um estranho desse ela falaria todos os dias. Ela sorriu e respondeu:

- Mas a vida de alguns parece ser melhor, já outros tem uma vida chata.

- Tipo você?

- Eh – disse ela meio arrastado com um riso sutil.

- Mas porque você acha a vida chata?

- Ah sei lá, tudo está chato. O curso é chato, o emprego é chato, meus ex são malas e tem um monte de gente chata em minha volta.

- Entendi. Como você se chama?

- Patrícia.

- Patrícia! Eu sou o Davi, prazer. – Disse ele dando a mão para cumprimenta-la. Ela deu a mão e o cumprimentou:

- Prazer.

- Mas você tem motivos para estar em auto astral.

- É?

- Sim! Pense, foi Deus quem fez você. Te deu vida e te fez com amor. Olhe para você, veja o quanto é linda. - Ela deu risada e respondeu:

- Obrigada! Mas são seus olhos.

- Sim eu tenho bons olhos, por isso vivo bem. Mas você com esses olhos lindos também pode ter um bom olhar.

- Como assim? – Disse ela sem entender.

- Se tivermos um bom olhar, se olharmos com positividade, teremos uma visão boa da vida, ela será melhor e nós estaremos bem. Conseguiremos ver coisas bonitas, como o seu sorriso.

- Você é filosofo!

- Um pouco. Me diz, vai embarcar para onde?

- Vou para o curso, e você?

- Vou a uma biblioteca.

- Legal.

Nesse momento ele vê um carrinho de sorvete na estação vindo em sua direção. Ele sentiu no coração de comprar um sorvete para ela, já que ela estava meio para baixo. Um sorvete alegraria a tarde dela, além da delícia que é tomar um sorvete com um calor daquele que estava fazendo. Mal sabia ele que ela acabara de desejar em pensamento ganhar sorvete de um gatinho. Quando o sorveteiro se aproximou, Davi o abordou:

- Boa tarde, quais os sabores?

O sorveteiro pegou o cardápio e entregou a ele:

- Boa tarde jovem. Têm todos esses sabores, tem de massa e picolé.

- Escolhe o seu sabor – Disse Davi para Patrícia entregando-lhe o cardápio. Ela surpresa e meio sem jeito respondeu:

- Nossa moço, precisa não.

- Por gentileza, deixa eu te dar um sorvete. Está calor e vai te deixar feliz.

Ela ficou perplexa e hilariante. Com um sorriso ela aceitou:

- Está bem. – Ela olhou o cardápio e disse ao vendedor:

- Pode ser de chocolate – Enquanto o vendedor pegava o sorvete de Patrícia, Davi olhou o cardápio e escolheu o dele:

- Eu quero de abacaxi.

Eles escolheram picolé. O vendedor entregou o sorvete a eles e Davi retirou o dinheiro da carteira e pagou o sorveteiro. Patrícia em seus pensamentos delirantes estava perplexa sem entender, acabara de desejar em pensamentos e em minutos seu desejo aconteceu. Talvez fosse a única vez na vida que aquilo fosse acontecer. Ela disse:

- Estou pasma que você teve o mesmo pensamento que eu. Eu tinha pensando em sorvete agora mesmo.

- Que legal.

- Calor faz a gente pensar em coisa gelada.

- Eu te vi desanimada e senti no coração de comprar sorvete para te animar.

- Sério? – Ela riu.

- Sério. E mais, pensamento têm poder. Isso te serve como aprendizado.

- É, mas isso é uma vez em um milhão para acontecer.

- Você não entendeu direito, vou explicar. Você pensar em algo e aparecer alguém com aquilo, é um em um milhão, concordo com você. Mas quando você pensa, você deseja. O desejo pode gerar dois tipos de atitude: a pessimista e a otimista. Se você deixar seu desejo gerar uma atitude otimista, essa atitude será uma ação em busca do desejo, então você tem muitas chances disso se tornar real.

- Nossa que inteligência.

- Obrigado. O dia está bonito, radiante né – Falou Davi tentando motivá-la.

- Está bastante calor.

- Eu adoro calor.

- Eu também gosto – Nesse momento Patrícia não enxergava mal algum no calor.

- Abacaxi é um dos meus sabores preferidos.

- Eu adoro chocolate.

- Acho que toda garota gosta.

- Concordo.

Enquanto chupavam o sorvete, houve alguns instantes de silêncio. Patrícia agradeceu pelo sorvete:

- Obrigado pelo sorvete, está uma delícia. Nossa como você é fofo.

- Obrigado! Mas você também é fofa.

- Você é simpático.

- Graças a Deus eu aprendi a ser assim.

- Parabéns.

- Melhorou seu dia?

- Com certeza.

- Isso é o mais importante.

- Você vai estudar o que na biblioteca?

- Bom hoje eu vou para terminar de ler um romance que comecei na semana passada. Eu vou muito na biblioteca para ler, sempre aprendo muito com essas visitas.

Patrícia estava maravilhada, faltando pouco babar com um garoto tão interessante. Nesse momento o ônibus que iria para o centro chegou na estação.

- A biblioteca que você vai é onde? Eu vou pegar aquele ônibus, ele vai para o centro. Ele serve para você?

- Sim. Vamos, vou embarcar nele também.

- Então vamos.

Eles embarcaram no ônibus que estava meio cheio. Agora com tantas pessoas embarcando, o ônibus lotou e eles ficaram em pé. Normalmente quando isso acontecia, Patrícia ficava reclamando em pensamentos, mas não dessa vez. Todos embarcaram e o ônibus deixou a estação. Enquanto viajavam, eles foram conversando. Davi puxou assunto:

- Fala do seu curso.

- É um curso meio bad, é de logística, mas eu nem gosto.

- E porque faz?

- Minha mãe, as pessoas, todo mundo vive dizendo que é preciso estudar e aquelas coisas todas. Aí apareceu a oportunidade de fazer esse curso. E meu tio disse que se eu fizesse, ele me colocaria na empresa que ele trabalha e o salário seria até interessante.

- Entendi. Estudar realmente é importante e é preciso, mas você precisa fazer o que você gosta. Esse que você faz nunca te fará feliz.

- Com certeza, mas todo mundo fica pressionando que tem que estudar e como eu também não gosto do meu trabalho e quero arrumar outro, estou fazendo esse mesmo.

- Você trabalha em que?

- Trabalho em uma loja de shopping, eu opero caixa.

- Você já trabalhou hoje?

- Hoje é minha folga.

- Entendi. O que você gosta de fazer?

- Eu gosto de beleza, moda, calçados, adoro roupas. Por isso que ainda suporto a loja que trabalho.

- Porque você não estuda moda?

- Ah, sei lá. - Eles riram e Davi respondeu:

- Patrícia, você é uma garota incrível, não deixa sua felicidade ficar longe de você. Você é capaz de fazer o que ama, acredite.

- Tá bom.

- Você acompanha as blogueiras?

- Sim. Assisto todos os dias vários canais no YT Vídeos, vejo vários tutoriais, dicas, adoro ver essas coisas.

- Que legal, eu também gosto de acompanhar esses conteúdos. Assisto as blogueiras, elas ensinam receitas caseiras bem práticas. É que eu sou bem vaidoso.

- Eh, dá para perceber mesmo.

- Eu adoro ir em loja comprar roupa, frequento muito o salão de beleza e cuido muito do meu cabelo.

- Que legal. Eu também adoro loja, adoro roupas.

- Então você conhece umas lojas de roupa bem top na cidade? Eu sou novo aqui.

- Sei sim. No shopping que trabalho tem umas lojas bem descolada.

- Vamos marcar um dia para gente ir lá? Eu quero conhecer as lojas da cidade e comprar roupa.

- Vamos sim – aceitou ela bem empolgada.

- Salva seu número no meu celular.

Ele entregou o aparelho e ela salvou o número. Ele chamou ela no aplicativo de mensagens diretas.

- Te dei um oi no WT Mensagem. Salva meu contato.

Ela abriu o aplicativo e salvou:

- Já está salvo.

Eles foram conversando durante a viagem sobre o universo da moda e se entenderam muito bem nas ideias. Falaram sobre marcas, look, tendências e nem viram o tempo passar. O ônibus chegou no centro e eles desembarcaram. Os caminhos agora seriam diferentes, cada um deles iriam para um lugar. Davi se despediu dela:

- Adorei te conhecer.

- Obrigada! Eu também te adorei.

- Boa aula para você.

- E boa leitura para você.

- Obrigado. A gente vai se falando no WT.

- Pode ser.

Ele deu um beijo no rosto dela e cada um foi para seu destino. Ela saiu caminhando pelas ruas sorridente, era nítido que alguma coisa a havia picado. Quando ela chegou no curso, cumprimentou os amigos e logo alguém disse:

- O que foi amiga? Que bicho te picou hoje? Porque eu quero que pica eu também.

Todos deram risada e euforicamente ela respondeu:

- Menina, encontrei um garoto na estação!

- Hummm! - Elas caíram na risada.

- Fala aí como foi?

Patrícia contou toda a história para as amigas, logo deu o horário de começar a aula e elas foram estudar. Claro que o sentido dela estava longe.

O pôr do sol e os pensamentos

Davi teve uma tarde de leitura na biblioteca produtiva e terminou de ler o romance. Ele gostou do final, achou interessante. Enquanto saía da biblioteca, seu telefone tocou, era Jéssica:

- Oi Jéssica.

- Oiii meu amor, tudo bem com você?

- Estou bem, querida. E você?

- Melhor agora né, com certeza.

- Ah, sua fofa. E aí, o que fez hoje?

- Estou na Avenida Brasil esperando o ônibus, acabei de sair do trabalho.

- Que legal.

- E você?

- Estou saindo agora da biblioteca.

- Você e seus livros.

- Hoje eu terminei de ler um romance.

- Sério! Que legal. Você gostou?

- Adorei! Aprendi muito com esse livro.

- E vai colocar em prática o que aprendeu?

- Claro que sim!

- Jura? Vai me pedir em namoro! – Jéssica riu. Ela era bem-humorada e tinha bastante intimidade com Davi.

- Você é um amor.

- Eu sou querido! Você sabe, sou puro amor, meus ex que não souberam aproveitar a chance que tiveram.

- Concordo com você meu amor.

- Estou maior cansada – disse ela com voz de dengo. Jéssica tinha um vício de linguagem, sempre trocava o muito por maior. Davi nem ligava, sabia que era o jeitinho dela. Ele a mimou:

- Ah que peninha de você querida. Tomara que você encontra um assento numa janela enquanto volta para casa e assim, veja como é lindo o pôr do sol.

- Ah que gentil. Como você é doce. Mas vai ser bem difícil, essa hora é mais provável que eu vá em pé.

- Se você for em pé, vá de frente para o sol e veja o pôr do sol.

- Vindo de você, eu aceito meu anjo.

- Que legal. Você é uma querida mesmo.

- Só quando não estou estressada né. – Risos de Jéssica.

- Já te falei, relaxa e fica em paz.

- O ônibus chegou aqui, vou desligar. Quando chegar em casa eu te ligo.

- Tá bom, querida. Beijo.

- Beijo.

Ela pegou o ônibus que estava lotado e não tinha mais assento disponível. Ela ficou em pé de frente com o lado do sol, ainda que não achasse uma boa ideia. Ela foi vendo o céu que ficava alaranjado com o pôr do sol. O alaranjado no céu estava lindo, em partes mais escuras e outras mais claras e nas nuvens o tom ficava meio amarelo.

Ela ficou vendo aquela beleza e pensando em Davi. Como ele era gentil, amável, sensível aos sentimentos, um garoto perfeito. O sonho de qualquer garota. Será que ele vai me pedir em namoro mesmo? Como será o beijo dele? Será que é tão bom como o abraço?

Talvez ele seja um anjo. Nossa, estou delirando. Ele apenas é um garoto... não! Não é só um garoto, ele é o garoto. Suas palavras são doces, sua presença é agradável. Nem me lembro mais dos meus ex, eram todos chatos, machistas e mandões, credo!

Davi é maravilhosamente perfeito. E se a gente viajasse para uma praia? Já pensou a gente junto vendo esse pôr do sol de frente para o mar? Nossa que viagem. Quem será a garota que vai ficar com ele?

A viagem passou e ela nem percebeu. Chegou em casa cansada, tomou banho e foi para a mesa tomar café. Enquanto isso, aqueles pensamentos voltaram a tomar conta de sua mente. Jéssica havia desistido de relacionamentos, o sonho de um amor saudável tinha se escondido dentro do seu interior.

Seus relacionamentos anteriores foram desgastantes. Eram muitas brigas e ela se perguntava, como ser feliz num namoro assim? Ela buscava um alívio para suas frustações em festas. Cada fim de semana tinha uma, um novo rolê, novas pessoas e novos contatinhos. Assim ela estava levando a vida.

Quando conheceu Davi, ela se encantou porque ele era diferente. Aquele sonho escondido agora estava se manifestando, a paixão estava ganhando asas ao mesmo tempo que a razão rebatia: não será precipitação? Quem diz que ele te ama? Não é cedo para a paixão? Cuidado!

Entre debate da paixão e razão, Davi era filosofo com palavras interessantes que Jéssica gostava, por isso ela ligava:

- Chegou em casa querido?

- Claro que sim bebê! O céu estava feio?

- Haha, vim de lá até aqui babando, não sei o que é mais lindo, o pôr do sol ou você! – Ela sorriu.

- Eu sei, o seu coração é mais lindo!

- Quer ele para você?

- Vou enche-lo de sonhos.

- Não tenho dúvida.

- Com o que você quer sonhar?

- No momento, você já me deixaria contente!

Jéssica antes da paixão que queria brotar em seu coração, ela e Davi já tinham se tornado bons amigos. Ela foi a primeira pessoa que Davi conheceu quando chegou na Cidade. Eles tinham conversas bem-humoradas e intimas, eles podiam fazer qualquer brincadeira que se entenderiam.

- Adoro seu humor.

- Como se ele fosse o melhor.

- Se é o melhor não sei, mas de uma coisa eu tenho certeza, ele é o melhor de você.

- Eh, eu sei que sou idiota.

- Sabendo ser idiota, que mal tem.

- Ah, seu bobo. Você já tomou café?

- Sim, já estou fazendo a janta.

- Não me diga que você é bom na cozinha?

- Estou no processo de aprendizado, a vida está me ensinando.

- Minha vida não me ensina nada.

- Vem aqui que vou te ensinar o que estou aprendendo. Porque você precisa mesmo é aprender a aprender.

- É muita filosofia para uma pessoa só. – Risos de Jéssica.

- Concordo com você, preciso compartilhar com alguém.

- Não me diga que isso é um convite?

- A sua presença é privilégio.

- Jura?

- Só juro pessoalmente!

- Está intimando minha presença?

- Digo que o tempero que eu colocaria na janta, estou pondo na conversa. - Ela deu risada:

- Aí, só você mesmo viu, seu bobo. Estou indo aí.

- Vou preparar um prato especial para você.

Jéssica chamou um carro por aplicativo e foi até a casa de Davi. Quando chegou chamou no interfone:

- Quem é?

- A morta de fome.

- Que surpresa. Nem estava esperando.

- Seu bobo.

Ele foi até o portão recebê-la.

- Oi minha linda!

- Oi meu gato! – Eles se abraçaram e se beijaram no rosto.

- Entra.

- Com licença.

- Toda.

Ele fechou o portão e entraram em casa. Ao entrar Jéssica sentiu aquele cheiro gostoso de comida boa, aquilo seduziu seu apetite.

- Que cheiro gostoso, sua comida deve estar ficando maravilhosa.

- Espero que goste, bebê.

- Com certeza, já estou amando.

Eles foram para cozinha, Jéssica sentou à mesa enquanto Davi preparava o jantar no fogão. Ele deixou alguns aperitivos para receber a convidada, ela comia enquanto conversavam:

- Me diz, como foi seu dia? – Perguntou ele.

- Meu dia foi lindo, trabalhei bastante. Estou maior cansada, mas estou bem.

- Tudo bem, eu finjo que acredito na sua mentira.

- Que mentira?

- A parte do "trabalhei muito". - Ela deu gargalhadas:

- Sem graça! Mas é sério, hoje estava maior corrido lá na empresa. Tinha muito relatórios para entregar.

- E porque não entregou o meu?

- Deve ser porque eu queira te dar uns em branco para você fazer para mim.

- Seria um desastre de relatório!

- Hum, eu poderia te ensinar.

- Prefiro não aprender. Todos os dias você me pediria favores.

- Mas não é você que vive me dizendo que eu preciso aprender?

- Como você é esperta!

- Sou toda ouvidos querido! Me explique.

- Você tem razão, sempre devemos aprender, mas também existe o que não devemos aprender.

- Essa parte você nunca me falou.

- Nunca mesmo. Mas estou dizendo agora.

- Tipo o que eu não devo aprender?

- Muitas coisas!

- Por exemplo?

- Por exemplo como roubar, matar, fazer o mal, ser vingativa, entre outras coisas.

- Nossa, nunca tinha pensado nisso. As pessoas vivem dizendo que nunca podemos parar de aprender e que conhecimento nunca é demais, e coisa e tal.

- Tudo isso é verdade. Mas também existirá sempre uma esfera onde essa regra não se aplica. É onde tem coisas que é melhor não saber.

- Como você é inteligente, essas bibliotecas que você anda frequentando está dando resultado.

A cada conversa Jéssica admirava ainda mais Davi. Ela sempre ouviu, "o homem é lindo ou inteligente, as duas coisas nunca estará no mesmo homem". Mas parece que isso é mito ou talvez apenas porque Davi é diferente. Além de gato, tem uma sabedoria, uma inteligência que por si só, deixa uma mulher encantada.

- Vamos um dia comigo? – Convidou Davi num olhar sutil.

- Vamos. Com você eu vou até na lua.

Ele parou, pensou, foi até ela, pegou em sua mão e disse:

- Me acompanhe!

- Tá bom! – Respondeu ela aceitando seu convite.

Ele a levou segurando sua mão até a área nos fundos. Olhando para a lua que estava cheia e linda, fez movimentos simulando de forma humorada, como se estivesse puxando com uma corda a lua para a Terra.

- Vem cá lua, vem cá lua.

Jéssica caiu na risada.

- Não creio nessa cena, só você mesmo!

- Claro que só eu tenho esse poder, eu vim do espaço, esqueceu?

E ele continuou simulando puxar a lua:

- Querida Lua, venha. A Jéssica quer te conhecer.

Ela dava gargalhadas com as brincadeiras dele.

- Acredite, a lua está aqui.

Ela dando risada respondeu:

- Sim acredito!

Agora ele fez pose de cavalheiro e como se estivesse na porta da lua dando boas-vindas a ela, ele disse:

- Seja bem-vinda a lua meu amor!

- Obrigado!

- Você aceita o melhor dos jantares que servimos aqui?

- Sim!

- Acompanhe me – Disse ele num gesto convidativo oferecendo seu braço. Ela aceitou e abraçou seu braço como dama. Juntos eles retornaram para a cozinha, ele puxou a cadeira e disse:

- Por gentileza princesa, sente se que vou te servir.

Ela dando muita risada:

- Sim querido.

Só esses dois poderiam ter uma amizade tão divertida e harmônica. Eles brincavam e conversavam se entendendo muito bem.

Davi traz o jantar a mesa, pega os talheres, pratos e taças.

- Querida, está tudo na mesa, se sirva.

- Querido você acabou de dizer que iria me servir! Como assim se sirva?

Ela caiu na risada. Ele pensativo coçando a cabeça:

- Verdade! Eu me perdi na comunicação.

- Brincadeira meu amor. – Disse ela dando um leve tapa bobo sobre a mão dele.

- Vamos melhorar isso!

- Hum.

Ele abriu a tampa da panela de feijão, pegou a concha e encheu:

- Vamos, eu vou colocando e você diz se está bom.

- Aí que fofo.

Ele derramou feijão no prato aos poucos até que ela:

- Aí chega.

Ele pegou outra concha e fez igual com o arroz e ela diz:

- Aí está bom.

Com um pegador de massa, ele pegou a macarronada:

- Você vai adorar meu macarrão. Coloquei ervilhas, azeitonas e tomate.

- Uau, que delícia. - Ela falou com cara de gula até que:

- Aí está bom meu anjo.

- Não sou de fazer frituras, mas nessa ocasião especial, preparei um frango ...

- Deve estar irresistível, o cheiro é ótimo.

- O tempero está melhor. Coloquei açafrão, cominho, alho, azeite, cebolinha, coentro e cebola.

- Tudo isso só por causa de mim?

- Com certeza. Minha ilustre visita.

- Estou me sentindo princesa.

- Você é. Ela está dentro de você. Desperte ela.

Ela deu um sorriso carismático e sútil, daqueles que não mostra os dentes.

- Você me ensina?

- Sim. Com certeza. Vamos orar?

- Sim.

Ele pegou na mão dela e a outra levantou ao alto:

- Pai, obrigado por essa noite de comunhão, onde posso aproveitar de bons momentos com a Jéssica. Estamos aprendendo nessa noite sobre o amor, gentileza, sabedoria e amizade. Te agradecemos por essa mesa farta. Te pedimos abençoa nosso jantar derramando sobre nós sua luz e graça. Amém.

- Amém.

Ela sorriu e eles começaram a degustar suavemente aquele jantar que estava com um cheiro gostoso, convidativo para um prato daqueles bem cheio. Um cheiro que entra pelas narinas e se transforma em estomago roncando.

- Está uma delícia.

- Ah, que isso. Ainda estou aprendendo a cozinhar.

- Você é o cara, me convidou para vir aprender com você. Lembra?

- Bem, vou te dizer como eu faço, na verdade eu pego na internet e implanto meus gostos.

- Esse é o seu segredo.

Ele fez uma expressão de não ter entendido muito:

- Segredo?

- Sim. Seu gosto é o segredo.

- Eh. – Respondeu com um tom de concordância.

- Você tem bom gosto e onde você o coloca, não tem como não ficar bom.

- Devo admitir que tenho um bom gosto sim. Principalmente para fazer amigas a nível de convidar para um jantar.

Ela expressou concordância. Com a mão fez um sinal de joia e disse:

- Concordo plenamente. Me ter como amiga é um bom gosto.

Ele sorriu sutilmente:

- A gente se deu bem.

Nesse momento os pensamentos de Jéssica começam a invadir sua mente e seu sentido novamente. Era como se fosse real toda aquela simulação que Davi fez de puxar a lua, depois se fazer de cavalheiro na entrada dando boas-vindas com o convite à mesa. Era como se estivessem mesmo na lua.

Tinha uma paz naquela cozinha, o momento era sereno, aconchegante e sublime. Tudo aquilo começava a mexer com o interior de Jéssica, os sonhos escondidos estavam perdendo sua capa. A razão começava a ficar contra a parede, as emoções eram mais fortes e persuasivas. Ele percebendo que Jéssica viajava no mundo da lua, perguntou:

- O que foi?

Ela sorriu e disse:

- Nada.

- Sei. Eu realmente te trouxe para a lua. - Disse Davi sorrindo e ela caiu nos risos bem largos:

- Sim. Me sinto na lua.

- Essa era a intenção. Aproveita essa viagem para limpar seu coração.

- Está bem. Você está dizendo.

- Jéssica, quando você voltar à terra, leva no coração um sonho. Você é uma princesa e uma princesa sempre volta à lua.

Ela não resistiu, se emocionou e com os olhos e sorriso ardente disse:

- Ai que fofo!

- Você entendeu?

- Me explica.

- Todo esse bem-estar que você está sentindo, é o que você merece. Mesmo que o cara não seja romântico, ele deve ao menos te fazer feliz. Alguém que te faça sofrer, não te merece.

Ela sorriu.

Após o jantar eles ficaram na sala conversando por algum tempo. Davi começa a agradecer a Jéssica pela amizade. Ele admite que a ter conhecido o ajudou muito. Ele veio de longe para uma cidade grande, ainda não conhecia nada, mas Jéssica estava ajudando muito na adaptação.

- Jéssica.

- O que foi?

- Eu quero te agradecer pela amizade.

- Eu que agradeço querido.

- Eu vim de longe para cá, cheguei aqui sem conhecer ninguém e nada por aqui. Aí conheci você e tem sido muito importante para a minha adaptação. Você é uma pessoa incrível, uma amiga sincera, bom caráter, vejo que já não estou sozinho.

- Ah querido, obrigada. Mas é você que me faz feliz, você é maior inteligente, quando estou na bad eu ligo para você e meu dia melhora, você é um anjo.

- Sempre serei seu anjo!

- Assim eu espero.

Ele sorriu para ela e mandou um beijo com os lábios, ela também sorriu e mandou outro:

- Você gostou das igrejas que conheceu?

- Sim. Eu passei essa semana em frente uma outra na avenida Rio Azul, eu achei o perfil dela no Phgram. Vai ter encontro de jovens Sábado e eu vou.

- Que legal.

- Se você não for fazer seus rolê, vamos comigo?

- Aham. Eu marquei com minha amiga de sair, mas se eu não for....

- Beleza.

- Você logo fará um monte de amigos aqui.

- Já estou fazendo algumas amizades.

- Já deve ter várias garotas no seu pé?

- Você sabe né, elas feito Jéssica, não resistem ao meu encanto.

- Aí você tem que aguentar gente como eu no seu pé. - Risos.

- Verdade, agora preciso te suportar.

- E me trazer na lua também.

- Sua amizade tem significado, sempre te trarei aqui.

- Que gracinha.

Ele sentou ao lado dela e a beijou a mão.

- Minha bebê.

- Me abraça?

Ele abraçou ela.

- Agora vou dormir no seu colo.

- Quer assistir algum filme?

- Não bebê, preciso ir embora, amanhã acordo cedo para trabalhar.

- Tudo bem, outro dia você volta aqui para gente assistir.

- Volto sim.

Ela ficou deitada em seu ombro, com o braço esquerdo ele a abraçou e com a mão direita, ele acaricia a mão dela. Já era tarde, depois de uns quinze minutos ela sentiu sono.

- Vou chamar um carro para voltar para casa.

- Está bem.

Ela chamou o carro no aplicativo que informou que o mesmo chegaria em sete minutos.

- Em sete minutos ele chega.

- Ele vai te levar de volta à terra.

Ela sorriu olhando para ele:

- Como seria bom se houvesse mais garotos como você no mundo.

- Eu sei que os homens são meio machistas, contudo ainda existem bons garotos que sabem tratar uma garota.

- Mas não como você.

- Mas se elas já conhecerem a lua, poderão ensinar muita coisa a esses garotos.

- Esse é seu plano?

- Que plano?

- Trazer as garotas a lua? Quer dizer.... Sua intenção é mostrar outra mentalidade.

- Bem .... - Ele fez uma expressão de concordância, pensou e comentou:

- Eu procuro mostrar a quem passa pelo meu caminho a minha filosofia de vida. Se uma garota entender que ela é uma princesa, ela vai se valorizar mais e não aceitará nada menos que: respeito, amor e carinho. Foi o que te mostrei hoje.

Ela fez uma expressão de admiração, frangindo a testa e torcendo os lábios.

- Entendi.

- Você está entendendo que você é princesa?

- Uma princesa sem palácio?

- Não é preciso palácio para ser princesa.

- Se você está dizendo.

- Quando eu te conheci alguns dias atrás, você parecia mais estressada.

- Verdade. Depois que você entrou na minha vida, você me acalmou. Você tem um bom papo, aquilo que uma garota precisa ouvir. Depois que me valorizei mais, os ex perderam relevância. Estou melhorando.

- Devo ter o dom para motivar pessoas.

- Aham. Quando estou na bad eu te ligo, logo os pensamentos ruins perdem para ....

Ela parou pensou:

- Pode falar.

- Ah, deixa para lá. - Risos.

- Fala Jéssica, eu já sei que você pensa em mim.

- Convencido, só porque eu penso mesmo.

- Eu também penso em você.

- Jura?

- Sim, por exemplo se passo em frente uma hamburgueria .... - Ela deu risada:

- Sem graça. Está me chamando de gulosa.

- Mas eu também lembro de você.

- Ham.

- Quando você demora me ligar.

- Sério?

- Sim. Já acostumei com suas ligações.

- É querido, eu ligo mesmo.

- Que bom que você me liga.

Nesse momento o carro chega e notifica no aplicativo, ela olha e diz:

- O carro chegou, preciso ir.

- Eu te acompanho até o portão.

Ele a acompanhou até o portão, na despedida ela o abraçou e ele a beijou no rosto.

- Vai com Deus.

- Obrigado pela janta.

- E obrigado pela companhia.

Ela sorriu:

- Beijo.

Ele mandou um beijo com a mão na boca:

- Beijo, boa noite.

Ela entrou no carro e foi embora. Davi entrou para dentro, foi direto para a cozinha para lavar as louças do jantar. Depois de algum tempo, Jéssica mandou mensagem avisando que já tinha chegado:

Já cheguei, estou morrendo de sono

Vou dormir. Adorei jantar na lua

Você é incrível. Bjjos

Ele respondeu:

Você é incrível gata

Dorme com Deus

BJJ

Ele lembrou de Patrícia, que a havia conhecido naquele dia. Aproveitou que estava com o celular na mão para escrever para ela.

Oii Patrícia

Como foi sua aula??

Ela estava online e tinha passado o dia ansiosa para aquele momento. Foi instantâneo para abandonar a conversa com outros amigos e responder de imediato a Davi.

Oii

Minha aula foi ótima

E sua leitura?

Davi pensou "nossa, já respondeu". Ele nem imaginava ser respondido ainda naquela noite.

Minha leitura foi ótima.

Aprendi muito com o livro

Patrícia ficou delirante, ele também a respondeu muito rápido.

Que legal.
☺ ☺ ☺

Davi

O que vc está fazendo agora?

Patrícia

Nada
Só falando com você mesmo
☺ ☺
E vc?

Davi

Eu vou arrumar a cozinha agora

Patrícia

Que coragem
Eu estou deitada

Davi

Se eu deitar agora
Caio no sono

Patrícia

Tá muito calor
Nem dá sono

Davi

Verdade

Que dia a gente vai no shopping???

Patrícia

Quando vc quiser

Davi

Vamos Sábado?

Patrícia

Mas tem que ser cedo

A tarde vou trabalhar

Davi

Pode ser

Sábado 10 hs

A gente se encontra na estação?

Patrícia

Pode ser

Davi

Então tá bom

Vou arrumar minha cozinha

Boa noite

Patrícia

Táa

Bjj

Fica com Deus

Davi guardou o celular e foi arrumar a cozinha. Ligou um som instrumental relaxante. Era o que ele mais ouvia. Como ele trabalhava em casa para uma editora, precisava ler e escrever bastante. Esses instrumentais o deixava inspirado para o trabalho e proporcionava um ambiente propício. À noite, o som era tranquilizante e ajudava a estimular o sono.

Ele tinha uma playlist bem completa e variada, com diferentes sons: barulho de água, chuva, cachoeira, mar, piano, flauta e violão. Ele tinha um som que tocava disco, embora isso já fosse antigo. Mesmo em meio a tanta modernidade, uma vitrola não deixava de ser charmoso. Ele de fato tinha um bom gosto e fazia questão de tocar seus discos de instrumentais em uma vitrola moderna que havia comprado recentemente.

Ele não era de deixar serviço para o outro dia, normalmente arrumava a cozinha após o jantar. Ele também gostava de revisar os materiais do trabalho à noite, porque era um momento tranquilo e calmo, mas naquele dia não tinha nada para entregar.

E assim foi mais uma noite de Davi como sempre. Depois que arrumou a cozinha foi até a área nos fundos, onde levou Jéssica e simulou puxar a lua. O céu estava lindo e estrelado, enfeitado com o brilho intenso da lua. Ficou por lá uns cinco minutos admirando a beleza da noite. Aquilo era um refrigério para a alma e colocava um sorriso largo em seu rosto. Sua noite foi tranquila.

Era Sábado pela manhã, o dia estava lindo e o sol já estava quente, três dias depois da experiência perfeita de Patrícia. Lá está ela de novo na estação, outra vez encontraria ali o garoto que mexeu com sua cabeça. Ela acordou muito cedo. Se produziu toda, fez a make, escolheu o melhor look, arrumou o cabelo e colocou um sorriso no rosto.

Naquele dia não existia pensamentos ruins, apenas ansiedade. Ela chegou trinta minutos antes do combinado, não queria jamais se atrasar. Na estação, tinha alguns relógios grandes e redondos, daqueles que tem propagando no meio. Ela olhou e viu o instante em que os ponteiros marcaram exatamente dez horas da manhã. Seu coração bateu um pouco mais forte e ansioso.

Patrícia estava de tênis sneakers rosa, uma bijuteria no tornozelo, um short jeans bem curto e meio largo. Um cropped t-shirt na cor azul marinho com estampa frontal, vários acessórios no braço direito e relógio no esquerdo. Uma corrente de prata fina no pescoço, no cabelo, franja na frente e um coque atrás. Brincos dourados, redondos e grandes na orelha, um piercing no nariz, batom escuro nos lábios numa cor meio roxo com azul. O esfumado nos olhos bem marcantes e nas bochechas meio avermelhadas, só que mais para um vinho bem escuro.

Ela carregava um bolsa de lado de tecido que imitava jeans de uma grife conhecida. Patrícia estava bem descolada e linda que não imaginava o quanto, mas também bem desinquieta. Muitos garotos que ficavam olhando para ela. Só que ela nem tchum para os muitos que por ali passava. Seu sentido estava em apenas um que estava para chegar.

Até que encostou numa plataforma um ônibus vindo dos bairros e no meio dos muitos passageiros que desembarcavam, um passageiro em destaque surge na estação. Com uma bota preta, bermuda jeans acima dos joelhos e rasgada, uma camiseta preta estampada, com gola u e as mangas dobradas no braço. Uma corrente fina dourada e dois colares estilo hippie no pescoço. Algumas pulseiras hippie nos braços, um óculos de sol no rosto, cabelo despojado, sem dúvida, era Davi.

Ele foi caminhando na estação enquanto Patrícia de boca aberta com o estilo do garoto, o via de longe se aproximando. Ele logo a viu e se aproximou, a cumprimentou com um abraço e um beijo no rosto. Era dez e dez, ele estava alguns minutos atrasado.

- Oi.

- Oiiii.

- Faz tempo que você chegou?

- Faz uns quarenta minutos.

- Nossa te fiz esperar tanto tempo, desculpa.

- Nada não querido. Eu que quis chegar cedo mesmo.

- E eu quis chegar atrasado.

Ela deu risada.

- Brincadeira. Que ônibus vamos pegar?

- Vamos ali na frente, é lá na última plataforma.

Ela estava toda vaidosa e ficava se olhando pelo reflexo no celular. Passava a mão no cabelo toda sorridente, era nítido sua empolgação. Enquanto caminhavam pela estação, Davi teceu alguns elogios:

- Você está muito bem produzida, parabéns!

Ela sorridente, expressou:

- Você gostou?

- Claro. Você está gatona.

- Obrigada.

Eles caminharam até a plataforma e dentro de cinco minutos, o ônibus encostou para o embarque. A viagem levou em torno de quarenta minutos e eles desembarcaram na parada final em frente ao Shopping América G. Era o mais sofisticado da cidade, era incrivelmente lindo. A arquitetura era moderna, planejada por um dos melhores arquitetos do país e Davi ficou encantado com tanta beleza.

- Como esse shopping é lindo.

- É que você ainda não viu por dentro.

Eles andaram pelo estacionamento e pararam em frente à entrada, era um lugar lindo e perfeito. Tinha um chafariz e algumas flores, um cenário ideal para fotos.

- Vamos tirar foto aqui.

Ela abriu um sorriso e disse:

- Claro.

Ele pegou seu celular e tirou algumas selfs com ela e depois pediu para ela tirar algumas fotos dele. Ela entrou na onda e também deu seu celular a ele para tirar algumas fotos dela.

Patrícia passava por aquela entrada todos os dias e nunca tinha parado em frente aquele chafariz. Ela via as pessoas tirando foto, mas nem dava bola, nunca pensou em tirar uma self ali. Dessa vez foi diferente, ela se empolgou com as fotos e com a beleza do chafariz. Davi comentou:

- Você passa aqui todos os dias e nem olha, cair na rotina dá nisso. Você ignora pequenas maravilhas que são encantadoras.

- Na correria do dia a dia eu nem noto.

É que Patrícia notava outras coisas. Quantas vezes ela viu garotas lindas da classe média ou alta indo passear naquele shopping, todas divas, produzidas, com sorriso no rosto, geralmente acompanhada do namorado ou outras amigas ricas. Ela via aquelas pessoas sendo felizes enquanto ela só ia naquele shopping a trabalho.

Por algumas vezes ela chegava a pensar que a felicidade era limitada, não tinha suficiente para todas as pessoas. Com frequência ela se comparava com aquelas garotas de uma classe acima dela e se frustrava. Tinha baixa autoestima, era de certa forma até normal ela se sentir meio para baixo.

Ela não gostava da profissão que exercia, não sabia lidar com os problemas de relacionamentos no emprego, fazia um curso que não tinha nada a ver com ela, sua vida amorosa até então nunca tinha sido boa, ela não tinha expectativas para seu futuro e não enxergava um plano positivo.

Só Deus e ela sabia o que se passava em seu interior. Ela tentava as vezes se esconder por trás de grifes que usava, maquiagem, festas e até algumas cantadas que recebia de garotos descomprometidos em busca de diversão.

Aquele Sábado com certeza teria um significado muito grande para ela. Era muito mais que um passeio, era um desbloqueio mental e emocional. Ela não estava passeando como uma daquelas garotas ricas, com dinheiro e namorado, mas estava passeando no mesmo lugar e bem acompanhada, apesar de ser apenas amizade. Aquele passeio faria ela deixar de idolatrar a vida das ricas e se menosprezar.

Quando entraram dentro do shopping, Davi ficou ainda mais encantado com aquele lugar e Patrícia estava delirante. Ela encontrou mais detalhes no shopping que nunca tinha reparado e agora ela estava notando, como uma simples parede verde de uma loja bem na entrada. Ela ficou olhando a entrada da loja, tinha uma vitrine bonita e Davi perguntou:

- O que foi, é sua loja preferida?

Talvez Patrícia fosse acostumada a frequentar aquelas lojas e fazer compras, já que ela trabalhava no shopping, foi o que pensou Davi. Mas sua realidade era comprar em lojas populares mesmo. De grifes famosas, alguma coisa quando podia, mas era para amenizar sua baixa autoestima. Davi logo percebeu pelas suas palavras e comportamentos:

- Não. Na verdade, é só mais uma loja que nunca tinha notado.

- Você nunca notou ela?

- Não. Agora que notei essa parede verde e achei bonita.

A loja tinha uma parede verde com grafiato, a placa da loja acima da vitrine era de madeira envernizada, com letras de metal e LED acessa. Uma loja bem bonita, no estilo jovem e despojado.

- Então porque não fazer diferente hoje? Vamos conhecer a loja.

- Pode ser.

Eles entraram na loja e logo foram recebidos por um vendedor bem simpático:

- Olá, bom dia, tudo bem. Posso ajuda-los?

- Bom dia. A gente veio conhecer a loja.

Com um sorriso cativante o vendedor disse:

- Sejam bem-vindos. Fiquem à vontade.

- Obrigado.

- Se precisar estou à disposição.

Eles olharam a loja e gostaram. Davi viu uma t-shirt e disse:

- É sua cara Patrícia.

- Nossa que linda!

- Gostou da cor?

A t-shirt era azul claro.

- Sim, é bonita.

- Que número você veste? – Perguntou ele olhando as etiquetas.

- Eu visto M.

- Vamos ver se tem.

Ela puxou uma peça que era seu tamanho:

- Essa aqui é M.

- Prova ela para ver se fica bonita em você.

- Tá bom.

Eles foram até o provador, ele segurou a bolsa dela e ela entrou para provar e depois saiu para mostrar como ficou:

- Olha como ficou.

- Nossa, ficou perfeita. Você ficou linda.

- Obrigada!

- Fica com ela, vou te dar de presente.

- Sério?

- Sim, claro. Vou retribuir sua disposição em vir comigo.

Davi pagou a blusa, pegou a sacola e entregou para ela. Eles saíram da loja e foram andar pelo shopping. Patrícia estava muito feliz, se sentindo como uma daquelas garotas que ela via todos os dias passeando naquele lugar. Agora com o presente, ficou radiante e muito satisfeita.

Ela não era como as garotas com quem se comparava, mas era bonita, existia dentro dela uma garota incrível que ela não sabia enxergar.

A conversa continuou:

- Aqui tem umas lojas bem descoladas.

- Têm sim.

- Você compra bastante aqui?

Ela ficou um pouco sem graça e meio constrangida. A verdade é que ela sentia a diferença das classes sociais. Ela operava caixa, não tinha um grande salário. Pagava o curso, todo fim de semana tinha festinha, mais a vaidade dela, o salário dela todo pegava essa correnteza de gastos e não sobrava nada.

Ela desejava muito tudo o que aquele shopping fornecia, mas sua realidade ali era outra, apenas entregar seu trabalho em troca do seu salário. O público daquele shopping eram pessoas que tinham ao menos abundância de recursos ou pessoas ricas.

- Na verdade eu não sou de comprar aqui não.

- Porque?

- Você pode reparar, aqui é tudo bonito, mas não é nada barato. Não é minha realidade.

- Entendi.

- Eu compro mais em outros shoppings mais populares. Aqui eu aproveito quando tem alguma promoção bem interessante.

- Um dia você vai fazer suas compras aqui.

- Quem sabe um dia.

Ele parou e olhou dentro dos olhos dela:

- Patrícia, olha para mim – Ela também parou e olhou para ele.

- Eu não sou playboy, estou começando a vida. Mas eu sei que tudo depende apenas de mim. Até que estou vivendo bem, eu ainda estou iniciando minha carreira. Você pode também e terá um futuro muito bonito, apenas acredite.

- Tá bom – Disse ela olhando para ele.

- Promete?

- Sim.

- Mas essa promessa é para você mesma e não para mim.

- Aham.

- Patrícia, você é bonita. Você é como qualquer uma dessas garotas que vem aqui com as amigas comprar na sua loja. Seu dia vai chegar.

Ela deu um sorriso tímido e emocionada:

- Entendi.

Eles continuaram andando e conversando.

- Existe muitas possibilidades. Você precisa ver quais são seus talentos.

- Vish, nem sei se tenho.

- Claro que tem.

- Se eu tenho, nem sei qual é.

- O que você faz que nem vê a hora passar?

Ela pensou por alguns segundos e disse:

- Quando estou comprando roupa ou vendo roupas eu me distraio bastante.

- Então você ama roupas?

- Sim. Adoro vestir roupas novas.

- Porque?

- Me sinto bem, dá uma autoestima.

- Esse pode ser seu destino.

- Bom eu iria amar.

Ele parou novamente e disse meio atônito:

- Espera aí, então é isso. – Disse ele acenando com a mão.

- Isso o que?

- Você ama moda, te faz bem e te dá autoestima?

- Sim.

- Essa é sua paixão. Você tem que trabalhar com isso.

- Na verdade já trabalho em loja né.

- Sim, a questão é que você está sem um objetivo claro, por isso você as vezes fica na bad.

Ela olhou para ele por alguns segundos com um brilho nos olhos e um sorriso no rosto. Seu pensamento dizia: "Como ele é incrível, ele sabe sobre mim até mais que eu, ele enxerga o meu coração. Ele deve ser, meu príncipe encantado. Ele deve mesmo ser um anjo".

Ele ficou olhando para ela com uma expressão de que não estava entendendo até que ele com um sorriso sutil:

- Heloooo! – Disse ele estalando os dedos próximo aos olhos dela:

- Vamos voltar à terra?

Ela caiu em sim e com um sorriso respondeu:

- Sim! Nossa viajei agora.

- Você se viu toda poderosa, diva, mulher de poder....

- Eh .... - Disse ela tentando disfarçar, já que não teria como dizer os reais pensamentos.

- Vamos.

- Vamos.

Eles continuaram a conversa e andando pelo shopping:

- Agora você precisa ver o que vai fazer dentro da moda, têm que ser algo que vai gostar e fazer com paixão.

- Tipo o que?

- Bom, pode ser consultora de imagem, designer de moda. Existem uma infinidade de oportunidades. Você tem que descobrir e aproveitar.

- Vou fazer isso.

- Você precisa começar a frequentar os ambientes de moda, conhecer pessoas que trabalham com isso, consultores, designer, blogueiras.

- Preciso mesmo de novas amizades.

- Como é seu relacionamento no trabalho?

- Bom, na minha loja tem muitos problemas de relacionamentos entre as pessoas. Tem pessoas falsas, pessoas chatas, mas tenho amigas também. É um ambiente bem difícil, sabe. Para te falar a verdade, meu relacionamento lá não é dos melhores. O que ainda me segura lá são as roupas, se fosse outro ramo eu já teria saído.

Davi percebeu que ao falar sobre moda, ela tinha mudado totalmente seu estado emocional.

- Patrícia, você reparou o bem que roupas te faz?

- Não!

- Veja seu estado de espirito, seu emocional, você abriu um sorriso natural, seus olhos parecem brilhar, suas palavras revelam sinceridade. Isso é destino, propósito de vida.

- Nunca tinha reparado isso.

- Seu destino é trabalhar com moda, você nasceu para lidar com roupa. Roupa é sua paixão.

- Verdade, sou apaixonada por roupa.

- Não importa o que você faz, enquanto você lida com roupa, você faz com paixão.

- Nossa, como você é inteligente.

- Fui privilegiado por Deus em ajudar pessoas.

- Que legal.

- E tem o mais importante.

- O que?

- É o porquê disso tudo.

- Como assim?

- Tudo o que a gente faz, tem um porquê. Não podemos fazer nada sem um porque, se não ficamos no meio do caminho.

- E como é isso?

- Vou te explicar, vamos andando.

Eles foram caminhando enquanto Davi explicava com mais detalhes.

- O destino tem a ver com as pessoas e não com a gente. O que fazemos é para as pessoas e não para nós. Por exemplo, um cantor não pode cantar para ele mesmo, apenas porque ele quer ser artista, famoso e ganhar dinheiro. Se uma pessoa pensa assim, é mais provável que a carreira dela não vá dar certo e se der, esse cantor terá sucesso, mas não será relevante. Será só mais um no mercado, quando vier uma crise ou o mercado estiver cansado, esse cantor estará fora do jogo.

Ela ouvia tudo atentamente respondendo apenas com:

- Hum.

E ele continuava a explicar um grande segredo que pode transformar carreiras e a vida de muitas pessoas. Esse segredo é um código de extrema importância para o que é sucesso de verdade e duradouro.

- Digamos que aparece um outro cantor, já esse quer ser cantor para as pessoas, o que ele canta toca as pessoas. Enquanto o primeiro precisa ficar desesperado implorando ajuda para as pessoas realizarem o sonho dele de ser cantor, esse segundo, o que ele canta toca os corações e se conecta com os sonhos das pessoas. Logo elas lembram de coisas boas, da família e amigos. Esse não precisa implorar nada, o que ele faz é benefício para as pessoas e elas têm motivos para ouvir sua música, esse é sucesso de verdade. As músicas do primeiro, as pessoas não têm porque ouvir, ao não ser para ajudar um coitado a realizar seu sonho de ser famoso.

- Como você é inteligente Davi. Eu nunca ouvi isso.

- E tem muita gente por aí buscando sucesso, implorando, fazendo loucura pela fama e não conseguem. Elas precisam desse código: "O grande segredo é servir e não ser servido".

Ela olhou para ele encantada, nunca tinha ouvido palavras tão sábias, que garoto inteligente.

- Gente eu nunca tinha ouvido isso antes.

- As pessoas estão sentadas em uma cadeira pensando que é trono e implorando para quem passa, que a sirva. A sacada é elas se levantar e ir servir as demais. Assim a cada pessoa servida, lhe dará uma recompensa que pode ser: views, comentários, likes e até mesmo dinheiro como, o pagamento por um benefício cedido.

- Que incrível.

- Quanto melhor você serve, maior o sucesso. Quanto mais benefício você entrega, maior sua fama e quanto mais pessoas você serve, mais dinheiro você ganha.

- Você vai precisar me dizer isso de novo para eu anotar e raciocinar com mais calma, esse segredo vai mudar minha vida.

- Sim com certeza vai. Depois eu falo mais devagar para você escrever. Aliás, só aprendemos de verdade se anotarmos e colocarmos em prática.

- Sério?

- Sim. Só ouvir e não anotar, você esquece e não coloca em prática e assim não aprende nada.

- Estou encantada.

- Que bom seria se mais pessoas entendesse isso, descomplicaria muito a vida delas.

- E qual seria o meu porquê?

- Patrícia, é assim. Destino é o que nascemos para ser e fazer. No seu caso você nasceu para trabalhar com roupa. Propósito é o porquê você vai fazer isso.

- Meu porquê então é que eu amo roupas?

- Não!

- Como não?

- O fato de você gostar, é paixão. Todos nascemos para ser e fazer algo que gostamos. O mundo é grande e amplo demais para precisarmos exercer um ofício que não gostamos.

- E qual seria o meu porquê?

- Autoestima.

- Como assim?

- Entenda, deu para perceber que as vezes sua autoestima é baixa e você se questiona sobre coisas, status, classes sociais, beleza, confiança. Quando você usa uma roupa nova, você levanta sua autoestima, coisa que é bem óbvio.

- Sim.

- Consultoria de imagem, de estilo, coaching de imagem, de autoestima. Você deve estudar e se tornar referência no assunto resolvendo seu problema de autoestima. Com seu conhecimento e experiência, transforme em produtos ou serviços que vai mudar a vida de outras garotas. Você acha que isso tem preço?

- Sinceramente, acho que não dinheiro no mundo que paga uma mulher confiante em alto-astral.

- Viu, seu benefício será tão importante na vida de tantas pessoas, que já não terá mais nada a ver com dinheiro. Elas pagariam o que você pedir, porque elas precisam de você. É assim que se faz sucesso, fica rico e se constrói carreiras.

- Nossa, que interessante.

Ele parou outra vez e disse olhando nos olhos dela:

- Agora me escute bem.

Ela parou e prestou atenção.

- Agora você tem um propósito de vida, sabe para onde vai e diferente de antes que qualquer caminho servia, você não precisa mais cursar o que não gosta. Invista todo seu tempo e dinheiro nisso, em aprender moda, imagem e autoestima. E tudo o que você fazer na moda será para dar autoestima para as pessoas.

- Tá bom então.

- Mas tem uma coisa.

- O que?

- Você já trabalha com moda, agora seu foco é crescer no ramo. Por exemplo, na sua loja, procure ajudar sua equipe em outras atividades como: arrumar a vitrine, ajudar no atendimento, no setor de vendas. Com o seu esforço, você será promovida para fazer algo que goste e que te ensine mais sobre moda.

- Acho que isso será um desafio.

- Não será fácil, é difícil. Outro conselho, aprenda a lidar com as pessoas na sua loja principalmente as chatas e as falsas. Tudo isso faz parte da vida, elas sempre existiram em todos os lugares.

- Vou me esforçar.

- E tem mais.

Ela se espantou:

- Nossa, agora está complicando.

- Realmente, nem tudo é só flores, também tem os espinhos. Você já deve fazer tudo com seu propósito de vida. Quando você atender pessoas no seu caixa, considere que você está fazendo aquele serviço, ainda que não goste, mas com um propósito, entregar autoestima. As pessoas realmente depois de passarem por você, precisam levar autoestima com elas.

- Hum. Entendi.

- É um pouco complexo né.

- Sim, mas adorei.

- Que bom.

- E você ainda não comprou nada para você.

- Verdade.

- Você veio para isso e eu estou tirando seu foco.

- Não querida, pelo contrário, é muito mais importante te ajudar. Devemos se empenhar nos sonhos de outras pessoas, isso fará os nossos também acontecerem.

Patrícia levou Davi até uma loja de grife famosa. Era a febre do momento, loja grande e movimentada. Davi adorou a loja.

- Patrícia, vamos ver se você tem bom gosto.

- Eu tenho é claro.

- Vou mostrar algumas peças que gostei e você me diz como montar um look de presença, que me dê autoestima.

- Combinado.

Eles começaram a olhar as coleções. Davi mostrou peças que ele gostou:

- Olha essa camiseta preta, eu gostei.

- Você tem bom gosto.

- Com certeza querida, cola em mim que você vai aprender a gostar do melhor da vida.

Ela sorriu. Eles continuaram a andar pela loja para escolher mais peças. Pegaram uma sacola de compra para ter mais conforto.

- Davi, olha essa camisa branca, não é nada barato, mas iria te deixar .... – Ela parou e não completou a frase.

- Me deixar o que? – Disse ele com um sorriso. Ela tomou coragem e disse:

- Iria te deixar um gato.

- Poxa, pensei que eu já fosse.

Ela riu e disse:

- Não é isso que eu quis dizer, eu sei que você é.

- Sou o que? – Disse ele rindo. Ela ficou tímida:

- Ah para, você está me deixando com vergonha.

- Você é tímida?

- Um pouco.

- Sei. – Deu um sorriso e falou:

- Coloca aqui na sacola, eu vou provar.

Ela sorriu e colocou, mas depois argumentou:

- Mas espera aí, nem sei se esse é seu número!

- Camisa eu visto 3. – Ele olhou a peça e era tamanho 4.

- Ih Patrícia. Essa é 4, fica grande.

Ele trocou por uma de seu tamanho e foram olhar algumas calças.

- Hum .... Essa calça aqui é top.

- Maneiro, vai me deixar ainda mais estiloso.

- Com certeza.

Andaram pela loja e escolheram várias peças. Davi propôs a Patrícia, o desafio que ele tinha dito:

- Qual sua sugestão para montar look com o que tem aqui?

Ela pegou a sacola, olhou novamente as peças, pensou e começou a montar:

- Coloque essa calça com a camisa branca, mais uma corrente de ouro vai ficar top.

- Gostei.

- Essa bermuda com essa manga longa, vai combinar bastante.

- Concordo com você.

- Essa calça de sarja, vai ficar bom com essa camiseta.

Ela viu alguns bonés na parede e disse:

- Olha quantos bonés lindos, porque você não escolhe um?

- Verdade, bem descolado. Qual desses fica melhor em mim?

Ele provou alguns e ela disse:

- O rosa.

- Então vou ficar com ele.

Eles foram até o provador. Davi entrou para provar as peças que escolheram e cada look que ele vestia, ele saía lá fora para mostrar para Patrícia. O primeiro look que ele provou foi a calça jeans com a camisa branca:

- E aí? O que achou?

- Nossa!!! – Disse ela de boca aberta:

- Ficou perfeito.

Ele sorriu, fez algumas poses e ela tirou fotos. Davi voltou lá dentro e trocou de roupa. Colocou a calça de sarja com uma das camisetas e foi mostrar a ela:

- Eu gostei.

- Parece que tudo em você fica bom.

- A sua companhia ficou melhor. – Disse Davi sorrindo. Ela também riu. Ele fez algumas graças e voltou para provar o outro look. Era o último:

- Gostei desse look, eu gosto de combinar manga longa com bermuda.

- Esse look fica ainda melhor se colocar o boné.

- Bom, você é minha consultora.

- Você é chique e tem sorte de ganhar minha consultoria.

- Com certeza. Mas me diz, qual look você gostou mais?

-Bom .... – Disse ela pensando ainda um pouco em dúvida. Depois de pensar respondeu:

- Eu gostei bastante do primeiro.

- Você se apegou aquela camisa branca né.

- Sim, eu gostei, ela te deixa bem charmoso.

- Uau – Disse ele com uma expressão positiva:

- Vou escolher ela então.

Nessa loja Davi comprou a camisa branca que era um preço nada barato, mas também era a camisa. Peça bem caprichada e muito bonita que chamava bastante atenção. Davi também gostou, ele adorava produtos de qualidade. Ele também ficou com a calça jeans cropped skinny, uma camiseta preta com estampa e o boné rosa. A compra não ficou nada barato, mas Davi tinha dinheiro para pagar.

Depois daquela loja, eles visitaram mais duas e Davi comprou mais uma camiseta. Patrícia o convidou a conhecer a loja onde ela trabalhava:

- Quer conhecer a loja que eu trabalho?

- Claro. Com certeza. Vamos lá.

Eles foram até lá, quando entraram na loja, os funcionários todos olharam. Patrícia visivelmente era outra. Carregava um sorriso aberto no rosto. Seu estado de espirito era ótimo. Ela também aproveitou a oportunidade para se exibir, uma fraqueza de pensamentos e emoções.

A primeira colega de trabalho a cumprimentou:

- Patrícia! Boa tarde né.

- Boa tarde – Respondeu ela toda sorridente.

Davi que era bem simpático também cumprimentou a moça:

- Boa tarde.

- Boa tarde moço.

Eles andaram um pouco pela loja e uma amiga de Patrícia sendo um pouco ousada perguntou:

- É seu namorado Patrícia?

Ela sorriu e disse euforicamente:

- Não amiga - Ela olhou para ele com brilho nos olhos:

- É meu amigo.

- Ah entendi.

- Oi, sou o Davi.

- Olá Davi.

O tempo havia passado numa velocidade incrível, faltava menos de dez minutos para Patrícia começar a trabalhar:

- Davi, está no meu horário, eu preciso ir.

- Nossa, você vai ir trabalhar sem almoçar?

- Eu como uma besteira lá dentro.

- Eu iria te levar para almoçar comigo.

- Então, não vai dar tempo.

- Tudo bem. É uma pena, mas a gente deixa para outro dia.

- Sim claro. Você não repara não.

- Claro que não querida. Foi uma honra ter sua companhia, obrigado por me trazer para conhecer o shopping.

- Ah, que isso. Se você quiser conhecer mais lugares, posso te levar, sem problemas.

- Com certeza, terá mais vezes. Bom trabalho.

- Obrigada.

Eles se abraçaram com um beijou no rosto de despedida. Uma colega de trabalho que viu toda a cena, depois olhou para Patrícia com aquele sorriso e ela não conseguia nem disfarçar.

Patrícia tinha cinco minutos para começar a trabalhar, estava muito atrasada, mas muito feliz e empolgada. Com certeza teria valido a pena toda a correria. Enquanto ela se arrumava para o trabalho numa correria, Davi despertou a curiosidade de toda a equipe. Metralharam ela com perguntas:

- Patrícia, porque você está animada? Menina, que garoto é aquele? É seu namorado? Você está pegando? É seu esquema? Está feliz hoje. Você trouxe ele para a gente conhecer?

Essas eram as perguntas que todos faziam e esse foi o assunto do dia. Patrícia ficaria por alguns dias sendo elogiada e zoada por colegas de trabalho. Apesar dela começar o expediente com um certo atraso, sua chefe até que entendeu. Uma colega disse:

- Ele convidou ela para almoçar, mas ela não foi.

- E por que você não foi? – Perguntou sua chefe.

- É que faltava cinco minutos para dar meu horário.

- Ah, mas hoje eu até te dava uns minutos de tolerância. Imagina, um almoço lá na praça de alimentação feito linda com um gato daquele! Eu te perdoaria seu atraso.

- Aí chefe! Por que não me falou?

- Está vendo, vocês não me contam as coisas. Eu sou chefe, mas sou amiga também.

Patrícia expressou uma frustação:

- E eu nem comi, só comi uma fruta antes de vir.

- Vou te liberar mais cedo para ir comer. Não quero que você desmaie aqui.

- Eu agradeço.

Naquele dia ela trabalhou com muito empenho. Sua produtividade foi excelente, no fim do dia ela recebeu muitos elogios:

- Hoje a Patrícia rendeu como nunca. Hoje ela está toda relax.

Davi foi almoçar na praça de alimentação sozinho mesmo, já que Patrícia não pode ir. Ele escolheu um restaurante que lhe agradou, fez seu prato e foi a mesa almoçar. Ele sentou sozinho em uma mesa com quatro cadeiras. Enquanto ele almoçava meio distraído, ele é interrompido:

- Oi.

Ele olhou de lado e viu duas moças lindas, cada uma com sua bandeja nas mãos.

- Oi.

- Esses lugares estão separados para alguém? A gente pode sentar?

- Sim. Pode sentar. Estou sozinho.

Elas sorriram e agradeceram:

- Obrigada moço. Então a gente vai sentar.

- Fica à vontade.

Elas sentaram uma de frente com a outra. Eram duas amigas de classe média para alta. Acostumada a frequentar aquele shopping, usavam grifes caras e tinham dinheiro. Garotas do tipo com que Patrícia se comparava.

Uma era Paola, uma garota linda, morena de cabelo preto liso comprido, tinha um corpo malhado, seios e bumbum grande, coxas bem definidas, cintura fina, parecia uma boneca. Ela vestia uma sandália rasteira, uma saia jeans preta acima dos joelhos, uma blusa cropped regata de malha rosa com estampa frontal toda preta e amarrada na cintura com um nó, óculos de sol colocado na cabeça entre os cabelos que estava solto. Ela usava alguns acessórios. Paola sentou ao lado de Davi.

Sua amiga que sentou de frente com ela era Amanda. Garota linda, tinha um cabelo castanho comprido e liso, era do tipo mais magra, parecia modelo. Ela vestia uma sandália preta, shorts jeans curto e rasgado, uma camisa floral cropedd amarrada na cintura de cor amarela. Usava algumas correntes no pescoço, acessórios no braço, brincos, piercing e cabelo solto. Ela tinha três tatuagens, uma no braço esquerdo, uma nas costas e uma pequena na coxa direita.

Elas carregavam algumas sacolas, Amanda colocou as suas na cadeira vazia ao seu lado e Paola ficou olhando onde deixaria as suas, acabou colocando entre ela e Davi. Ele ficou observando tudo, Paola percebeu e disse:

- Mulheres adoram andar cheias de sacolas.

- Verdade. Faz parte. Apenas é mulher sendo mulher.

- Os homens falam da gente, mas temos que comprar né.

- Todos menos eu. Concordo plenamente. Mulheres precisam mesmo comprar, andar bonitas, toda empoderadas.

Elas riram e Paola disse:

- Você é diferente hein.

- Muito, demais. Eu sou o exemplo que os homens precisam copiar.

Elas riram e Amanda disse:

- Então tem muitos precisando te copiar.

- Concordo com você.

- Meu ex ficava sempre enchendo meu saco que eu vivia gastando, mas nunca fui de gastar assim exageradamente, são coisas básicas de uma mulher. – Disse Paola se sentindo justificada.

- Acredito em você.

Davi acabou se envolvendo na conversa com as amigas Paola e Amanda. Eles ficaram na mesa por um bom tempo comendo e conversando, na verdade se empolgaram na conversa que nem viram o tempo passar.

Davi era galã, as duas estavam ali porque viram de longe ele sozinho na mesa e aproveitaram a oportunidade. Ele por sua vez, sempre era muito gentil e agradável. Sempre tinha uma conversa que as garotas queriam ouvir. Era mesmo o exemplo para mais garotos copiar.

A conversa começou sobre as compras das mulheres e evoluiu para outros assuntos. No meio da conversa, entraram no assunto da recém-chegada de Davi na cidade e ele começou dizendo:

- É minha primeira vez nesse shopping.

- Sério? – Perguntou Paola meio pasma.

- Eu sou novo nessa cidade. Faz um mês que moro aqui.

- Ah sim. Você veio de onde?

- Eu morava numa cidade do interior que não era grande. Vim para cá para trabalhar na minha carreira.

- Você faz o que?

- Cuido de matérias que serão publicados.

- Que tipo de material?

- Livros.

- Ah que legal.

- E você já está trabalhando?

- Sim. Eu trabalho em home office para uma editora.

- Interessante.

- Bom, estou bem contente. Descobri algumas bibliotecas na cidade, que agora visito com frequência. No meu trabalho é preciso ler muito.

- Parabéns.

- Obrigado.

- Você está gostando da cidade?

- Estou adorando. Na verdade, ainda estou conhecendo. Eu fiz amizade com uma garota que trabalha aqui e ela me trouxe para conhecer o shopping.

- O que achou do shopping?

- Gostei. Shopping encantador.

- A gente sempre vem aqui.

- Sorte a de vocês.

- O que mais você conhece na cidade?

- Não muita coisa. Nas bibliotecas vou com frequência, faz parte do meu ofício ler. Esse shopping é o primeiro que eu venho.

- Sério? Tem outros que você vai adorar.

- Não tenho dúvida.

- Se você quiser, a gente pode te chamar da próxima vez que irmos em algum.

- Claro, será um prazer passear com vocês.

Paola pegou seu celular e pediu para ele salvar seu contato. Ele salvou e ela deu um oi no aplicativo de conversa. Ele respondeu e salvou o número dela.

- Você já foi em alguma festa aqui?

- Fui em encontro de jovens.

- Legal. Onde foi?

- Fui em uns três, foram todos em igrejas. Cada fim de semana vou conhecer um diferente.

- Entendi. Você é religioso?

Amanda consertou:

- Cristão ela quis dizer.

- Bem, eu não sei o que vocês entendem por religião, apenas me considero um pouco mais que criatura do Criador, me sinto filho.

- E tem diferença? – Perguntou Amanda.

- Sim. Quando aceitamos o amor, nos tornamos filho.

- Entendi.

- Quais as festas que vocês vão?

- Balada mesmo.

As duas riram.

- Sei. Bem comum entre os jovens.

- Você também vai em balada?

- Não faz muito o meu tipo. Sou um tanto diferente, gosto de outros ambientes.

- Que lugares você gosta de ir?

- A igreja é meu preferido e programas entre amigos, é o que mais gosto de fazer. Mas também vou em show, cinema, clubes e adoro praia.

- Eu também adoro praia – Disse Paola e Amanda completou:

- Quem não gosta né.

- Praia é tudo de bom. – Enfatizou Davi.

- A praia não é muito longe daqui, sempre que tem feriado prolongado nós vamos.

- Sério que é perto assim? Então agora vou à praia com mais frequência.

- Você pode ir conosco se querer.

- Sim, claro. Será uma honra.

- Você já tem amigos aqui?

- Poucos.

- Logo você vai ter muitos, você é bem comunicativo.

Ele balançou a cabeça expressando concordância.

- Precisamos ter afeto com as pessoas.

- Com certeza.

- Eu posso fazer um convite a vocês?

- Claro.

- Bem, não sei se vocês estão disponíveis a noite. Eu quero ir conhecer uma igreja. Hoje vai ter um encontro de jovens e acredito que será bom. Vocês me acompanham?

- Olha, hoje eu não posso, mas um outro dia .... – Respondeu Amanda.

- Eu vou, onde é?

Ele pegou o celular para mostrar o mapa a Paola:

- Eu salvei no mapa, deixa eu achar aqui.

Davi mostrou para ela no aplicativo.

- Eu sei mais ou menos onde é. É perto.

- Então combinado, você vai comigo?

- Sim. Eu as vezes vou mesmo na igreja, tenho alguns amigos que me convidam.

- Legal.

- Bom amigo, hoje eu não vou porque tenho um compromisso, mas na próxima eu vou. – Se desculpou Amanda.

- Sim amiga, tudo bem. Não faltará oportunidades.

Eles perceberam que já tinham conversado demais, era melhor ir embora. Pois já tinham acabado de fazer compromisso para mais tarde. Foram até a entrada do shopping para chamar um carro por aplicativo. O carro de Davi chegou, ele despediu das duas e foi embora. Elas se entre olharam e sorriram:

- Nossa, que cara interessante – Diz Paola.

- A gente nem imaginava – Comentou Amanda perplexa.

- Não é sempre que encontramos um garoto assim.

- Você vai mesmo com ele na igreja?

- Claro, e porque não?

- Sorte sua amiga.

O carro das duas chegaram e elas também foi embora.

Eram dezenove horas e cinquenta minutos, Davi estava em frente o templo na avenida Rio Azul. Uma igreja grande e bonita, muitos jovens estavam chegando, aqueles encontros eram bem conhecidos. Algumas pessoas que passavam, cumprimentavam Davi, ele também as cumprimentava. Ele ficou alguns minutos à espera de Paola. Jéssica, a amiga convidada dias antes, tinha planos para a balada mais tarde e não foi com ele.

Eram vinte horas e Paola ainda não tinha chegado, mas acabara de mandar mensagem avisando que já estava chegando. Um jovem muito simpático que fazia parte da organização do encontro o abordou na porta. Era Marcelo:

- Boa noite meu querido, tudo bem com você. – Perguntou o jovem lhe dando a mão para cumprimenta-lo.

- Boa noite, tudo em paz – Davi o cumprimentou e o abraçou.

- Quer entrar, já vai começar?

- Vou sim, estou esperando uma amiga.

- Entendi. Fica à vontade e seja bem-vindo.

- Obrigado.

Demorou mais três minutos e parou um carro em frente à igreja. Desceu uma moça muito linda e bem produzida. Uma sandália preta salto alto, uma calça preta, uma cinta prata de grife finíssima na cintura. Uma blusa sem manga e de botão na cor preta. Uma corrente fina de ouro puro no pescoço, joias e relógio no braço. Brincos de ouro, segurando uma pequena bolsa na cor preta com detalhes dourado também de grife cara e famosa. Ela estava com seu cabelo comprido solto.

Uma dama de respeito. Um mulherão muito bem arrumada e de tirar o fôlego. Mulher produzida para ocasiões bem especiais.

Era Paola, Davi ficou admirado.

- Oi. Eu demorei muito? – Perguntou Paola toda eufórica.

- Não, claro que não. Mesmo que tivesse demorado, eu entenderia seu atraso.

Ela o cumprimentou com um beijo no rosto.

- Nossa, foi maior correria, chegar em casa e se arrumar de novo para sair.

- Eu posso te elogiar? – Perguntou Davi.

Ela sorrindo toda empolgada:

- Sim, claro – Diz ela num tom bem sútil e delicada.

- Você está muito bem arrumada. Uma dama que está fazendo inveja na lua.

Ela riu e timidamente passando a mão no cabelo disse:

- Aí, obrigada! Você é gentil.

- Bem, gentil eu sou e ainda encontro com uma dama esbelta, minha gentileza só cresce.

Ela sorriu e eles entraram na igreja. O evento já estava acontecendo, estavam cantando músicas no estilo worship, Davi amava. Ele sempre se entregava, cantava, adorava e levantava as mãos. Aquele lugar cativava sua alma, ele sentia muita paz e alegria.

A reunião durou em torno de duas horas. Foi muito bom, Davi gostou muito e Paola também se sentiu muito bem. O preletor tinha ministrado palavras muito sábias sobre dilemas e situações que estavam na rotina dos jovens.

Acabou a reunião um pouco mais de vinte e duas horas, os jovens se cumprimentavam, conversavam e faziam planos para saírem juntos aquela noite. Lanchonete, pizzaria, praça. Formavam vários grupos e cada um tinha suas propostas. Todos diziam:

- Gente, vamos viver a comunhão, a amizade, vamos saírem juntos, conversar, comer, dar risada e aproveitar a noite.

Paola ficou olhando tudo aquilo. Ela sempre ia em algum encontro quando alguns amigos a convidavam, mas naquela noite ela estava reparando um pouco mais a convivência daqueles jovens. Eles estavam bem felizes e com uma relação entre eles interessante. Ela disse a Davi:

- O pessoal aqui é bem animado e parecem felizes.

- Sim, isso é encontro de jovens. Uma reunião que nos deixa feliz, cantamos e aprendemos muito e depois que acaba, a galera se junta para fazer um programa entre amigos. Perfeito né.

- Eu as vezes vou com alguns amigos, eles me chamam para sair depois, mas nunca vou, na verdade nunca tinha notado toda essa alegria.

- Pois hoje você viu como é bom.

- É por isso que você gosta tanto desses encontros?

- Sim.

Chegou um jovem do encontro conversando com Davi e Paola. O jovem era Jean, um cara muito carismático e receptivo:

- Olá, boa noite.

- Boa noite.

- Vocês gostaram?

- Sim.

- É a primeira vez que vocês vêm?

- Sim.

- Voltem mais vezes.

- Eu sou novo na cidade, mas gostei. Voltarei mais vezes.

- Onde você morava, você já foi em algum encontro?

- Sim. Sempre fui.

- Entendi. Ela é sua namorada?

- Não tenho toda essa honra – Disse ele sorrindo. Ela deu risada.

- É minha amiga, tive o privilégio de conhece-la hoje. A convidei para vir comigo.

- Que legal. Seja bem-vinda – Disse a ela.

- Obrigada. – Agradeceu Paola.

- Voltem mais vezes.

- Venho sim.

- O que vocês vão fazer agora?

- Ainda não sabemos.

- Vamos com a gente, a galera estão se juntando. Vamos sair para fazer alguma coisa.

- Quer ir Paola?

- Ah, não sei. – Disse ela pensativa.

- Vamos com a gente, assim vocês conhecem a galera daqui e vão se enturmando.

- Na minha cidade eu saía todo fim de semana com a galera.

- Que da hora.

- Eles devem estar sentindo bastante saudade de mim.

- Ah com certeza. Decidem aí, qualquer coisa é só me procurar, Jean. Como vocês chamam?

- Eu sou Davi e ela é a Paola.

- Sejam bem-vindos, Davi e Paola. Voltem mais vezes.

- Obrigado.

Jean se despediu deles e foi resolver alguma coisa. Davi e Paola ficaram resolvendo o que iriam fazer.

- Você quer ir?

- Ah, não sei.

- Porque você está pensativa?

- É que a gente ainda não conhece ninguém. É a primeira vez que viemos aqui.

Davi pensou, era o primeiro dia que ele conheceu Paola, também não conhecia ainda a galera, talvez fosse melhor sair só com a Paola. Eles poderiam se conhecer melhor, numa outra ocasião eles iriam com a galera do encontro.

- Entendi. Outro dia a gente sai com eles.

- É melhor. Eu posso voltar mais vezes com você aqui.

- Combinado. Mas o que você vai fazer agora?

- Se você quiser, a gente pode sair juntos?

- Pode ser. Vamos aonde?

- Eu conheço uma churrascaria muito boa.

- Legal, adoro churrascaria.

- Então vamos.

Eles foram até a porta da igreja esperar por um carro de aplicativo.

- O que você achou do encontro? – Perguntou Davi para Paola.

- Eu gostei, achei eles muito receptivos. Adorei.

- Eu também, vou voltar mais vezes.

- Você se entrega todo, canta sem se importar com nada, levanta as mãos.

- Sim, claro. Eu sinto muita paz nesse ambiente.

- Você é bem diferente, gostei de você.

- Obrigado. Eu também amei você.

Ela sorriu.

- Obrigado. Você é mesmo muito amoroso.

- Todos nós podemos ser assim.

- Bom, eu tenho aprendido muito a ter amor próprio. Acho que precisamos muito nos amar.

- Com certeza precisamos.

O carro chegou e eles foram para a churrascaria. Era um lugar bem grã-fino, aconchegante e chique onde foram bem recebidos. Escolheram uma mesa, Davi puxou a cadeira para Paola sentar, ela ficou encantada. Eles sentaram, pegaram o cardápio, escolheram o que queriam e aguardaram ser servido.

Enquanto eles esperavam, voltaram a falar sobre o amor. Paola contou que teve um único namorado. Ela o amou muito mais terminou decepcionada, ele não valorizou todo o amor que ela tinha. Sua decepção desde então tomava conta de sua vida, ela não se acertava com mais ninguém e não namorou mais. Tudo isso criou nela uma muralha que ela chamava de amor próprio.

- Hoje eu acredito muito que a pessoa precisa acima de tudo amar a si mesmo, não dá para esperar que alguém venha te amar por si.

- Bem, se uma pessoa não se amar, o amor de outra pessoa também não a alcançara. Quer dizer, alcança, mas não atende à necessidade interior.

- Com certeza. Acho que eu esperei muito do meu ex e me decepcionei.

- Mas o seu ex é passado, já não é mais relevante.

- Mas mesmo muitos que eu encontro hoje em dia, parece não existir amor neles para entregar.

- Concordo com você. Tem pessoas que de fato não tem amor dentro delas.

- Você me entende né, eu vejo garotas errar como eu errei, esperar amor de um cara e não ser amada.

- Te entendo. Mas essas garotas estão esperando amor de quem não tem amor para dar.

- É bem isso.

- Mas existe jeito.

- Eh .... – Disse Paola meio pensativa e completou:

- O cenário não é de expectativa que isso vai mudar. Você é diferente, mas é difícil achar alguém que te valoriza.

- Você acha que podemos mudar o mundo?

- Acho que já acreditei nisso, hoje eu não sei.

- Sabe o que acontece, não podemos mudar o mundo, mas podemos mudar o mundo de alguém. Isso é que devemos fazer, concentrar nossas forças em uma coisa que faz sentido e é possível. E o primeiro mundo que precisamos mudar é o nosso.

Ela sorriu e disse:

- Você é inteligente.

- Admito, tenho procurado me tornar inteligente.

Nesse momento o garçom vem servi-los. Aquele lugar tinha uma comida maravilhosa, a carne estava cheirosa e bonita. Tinha todo tipo de carne. O jantar estava maravilhoso e continuam a conversa enquanto comiam.

- Paola. Você nunca mais passará por isso, não mais irá esperar por algo que alguém não possa lhe dar.

- Na verdade, já nem tenho tantas expectativas.

- Dois detalhes, o bom é que você aprendeu algumas coisas e vejo que você é inteligente, forte, não está perdida. Mas a parte ruim é que você está muito sem expectativas. Você precisa sonhar um pouco mais com o amor.

Ela olhou para ele sorrindo.

- Mas esse sonho não depende só de mim. Esse é o problema e o que não me traz expectativa, é depender de outra pessoa. Porque isso não está no meu alcance, eu não posso fazer nada além da minha parte. É como ter que cruzar os braços e esperar cair do céu.

- Você agora disse uma coisa interessante.

- O que?

- O céu.

- Mas o que tem o céu?

- O amor vem de lá, Deus é a fonte de amor.

Ela parou por uns instantes e ficou pensando. Fazia sentido, Davi era muito ligado a Deus. Talvez ele fosse amoroso porque buscava amor em Deus.

- Você busca nessa fonte?

- Com certeza.

- Percebo que você é mesmo diferente.

- Desejo que você seja sempre feliz.

- Obrigada!

Houve alguns instantes de silêncio enquanto comiam. Paola olhava Davi e observava sua calma, inteligência e seu cavalheirismo. Que garoto extraordinário, fazia algumas horas que ela o havia conhecido e já estava apaixonada.

- Está gostando do jantar? – Perguntou ela.

- Sim. Como você disse, essa churrascaria realmente é incrível.

- Venho sempre aqui.

Ele parou, olhou bem para ela e disse autenticamente:

- Bem, esse lugar é grã-fino e você é uma dama empoderada. Você e esse lugar, combinam com perfeição. A honra é minha de te acompanhar essa noite.

Ela sorriu e agradeceu:

- Poxa, você é muito cavalheiro. Já vim aqui várias vezes com meu ex e cinco minutos com você nem se compara a todas as vezes que vim com ele.

- Sendo assim, posso te acompanhar mais vezes.

Ela estendeu seu braço e deu a mão a ele. Ele segurou a mão dela.

- Obrigada! Você já conquistou meu respeito.

- E você o meu, querida.

Ela deu um sorriso sutil com um olhar meigo a ele. Voltaram a comer e houve mais alguns instantes de silêncio.

- O que você espera de uma cara? – Perguntou Davi.

- Bem, eu .... – Ela pensou um pouco e começou a dizer:

- Sinceridade! É, sinceridade é o bastante. Acho que nenhuma garota gosta de ser enrolada.

- Entendi.

Houve mais alguns segundos de silêncio, ela deu uma leve olhada a Davi e perguntou:

- E você. O que espera em uma garota?

Ele olhou para ela com um sorriso sutil, fez uma expressão e disse:

- Uma garota de sonhos.

Ela meio sem entender direito, perguntou:

- A garota dos seus sonhos?

- Não. Uma garota de sonhos mesmo. Quero uma garota que sonhe com a vida, o amor, futuro, amizade. Essas coisas combinam comigo, uma garota que goste disso, combinará comigo.

- Entendi.

- Como você se vê daqui a dez anos?

- Sabe que não tenho ideia. Nunca parei para pensar nisso.

- Quais seus sonhos?

- Eu quero ter um dia uma ONG de animais, eu amo muitos os bichinhos. E sei que existem muitos jogados na rua precisando de carinho. Amor de verdade mexe com o meu interior.

- Que legal. Parabéns para você. É um grande sonho.

- Sim, com certeza.

- Você é uma pessoa amorosa?

- Eu me considero. Eu procuro ser carinhosa, deixar o amor falar mais alto, apesar de as vezes isso me machucar.

- O amor tudo sofre, afinal, ele é sofredor.

- Faz sentido. – Disse ela num tom frustrante.

- Mas o amor faz muito bem, muito mais que qualquer sofrimento.

- Também acredito.

- Se você acredita no amor, você está no caminho.

- Que caminho? – Disse ela sem entender.

- Um relacionamento sério, saudável e feliz.

Ela sorriu e respondeu num tom delicado:

- Acho que ainda sou uma garota apaixonada.

- Não tenho dúvida.

- E você?

- O que tem eu?

- Está nesse caminho?

- Com certeza. É nisso que acredito.

Ela sorriu e disse:

- Muitas devem te amar.

- Eu diria que tenho minhas fãs.

- E agora ganhou mais uma, eu.

Ele sorriu e agradeceu:

- Obrigado. Vou te fazer sonhar.

- Não duvido que essa noite eu sonhe com nossa conversa.

Ele pegou a mão dela e beijou.

- Você é uma pessoa muito especial. Acredite.

- Sim, acredito. Com você me dizendo, eu acredito.

Eles já tinham terminado de comer, ele decidiu a surpreender, levantando se, disse:

- Venha, vou te mostrar uma grande beleza.

Ele estendeu a mão a ela num gesto convidativo.

- Está bem. Vamos.

Eles foram até o caixa fazer o pagamento, ela quis pagar a conta sozinha:

- Davi. Deixa por minha conta essa noite.

- Porquê?

- Eu te convidei, é sua primeira vez aqui.

- Mas eu pago ao menos minha parte ... – Ela interrompeu:

- Não, pode deixar, eu passo no meu cartão. Uma garota também pode pagar a conta. – Ela se virou a operadora do caixa:

- Débito moça!

- Tudo bem. Obrigado.

- Eu que agradeço sua companhia. – Disse ela piscando um olho para ele.

Davi pegou na mão de Paola e a levou até lá fora para olhar o céu. Ele amava olhar e admirar a beleza da noite e sempre que estava com alguém, fazia questão de mostrar. É claro, sempre que tentava mostrar a um amigo, homem normalmente não dava bola, mas quando estava com uma garota, elas adoravam.

Ele pegou nas duas mãos dela e disse:

- Paola!

- Sim.

- Vou te mostrar uma beleza escancarada aos seus olhos todos os dias e talvez você não faça questão dela, não a note. A maioria das pessoas não aprecia essa beleza. Mas agora vamos reparar os detalhes dela, você vai amar isso.

- Tudo bem.

Ele a abraçou e caminharam até um cercado de grade. Com o outro braço ele apontou o céu. E ele estava lindo, tempo aberto, estrelado, a lua estava minguante, mas com mais da metade cheia. A noite estava muito linda e agradável.

- Veja o céu.

- Nossa! Como ele está lindo.

- Aposto que raramente você nota essa beleza.

- Verdade. Nunca paro para admira-lo.

- Aproveite esse momento e note como a noite é linda.

- Nossa, muito lindo.

- A vida é assim, ainda que escureça, existe beleza na noite.

- Nossa! Que lindo suas palavras.

- Veja quantas estrelas lindas brilhando.

- Muito lindas.

- Já pensou se elas tivessem medo do escuro.

- Não tem nem como né!

- Mas na vida existem pessoas que tem medo do amor.

Ela olhou para ele e o momento subiu para sua cabeça. Ela ficou emocionada e beijou Davi por alguns segundos.

Quando caiu em si, ela disse:

- Meu Deus! Desculpe, acho que me empolguei.

- Tudo bem, querida. A noite te encantou.

- É que você é muito fofo.

- Você acha?

- Demais. Você é o garoto dos sonhos.

- Toda garota merece o garoto dos sonhos.

- Mas você é o único que vi até hoje.

- Não .... Existem mais por aí.

- Não Davi, você é único.

- Da mesma forma que você também é única.

- Eu serviria para ser sua namorada?

- Você é incrível, poderia ser namorada para muitos, claro, não de todos. O que quero dizer é que você é especial e muitos te veem assim.

Ela sorriu e o abraçou por alguns instantes enquanto seus pensamentos diziam: "que garoto perfeito. Que romântico, que fofo".

- Paola!

Nesse momento eles estavam abraçados. Davi abraçou a cintura dela e ela abraçou seus ombros e pescoço.

- Ham.

- Você é uma estrela.

Ela ficou olhando para ele e perguntou:

- Porquê?

- Você espelha o amor.

- Será que eu posso te amar?

- Claro!

- Mas você irá me amar?

Davi olhou bem dentro dos olhos dela:

- Paola, o amor é extenso, o amor é como a imensidão do céu. – Ele ergueu uma mão para o alto e apontando disse:

- Considere que todo o céu é amor. Dentro do amor existem bilhões de estrelas. A amizade, a paixão, a compaixão, o carinho, o respeito. O amor é tudo isso.

Depois voltou a abraçar a cintura dela.

- Entendi. Mas você ainda não respondeu à minha pergunta.

- Eu já estou te amando. Você já tem meu carinho, meu respeito, minha amizade. O amor já está entre a gente. Creio que você queira saber outra coisa.

- O que seria?

- Se podemos ser um casal que se ama.

Ela olhou bem para ele, raciocinou e disse:

- Você é bem detalhista né.

- Em que sentido você diz?

- Eu falei sobre o amor. Você fez toda uma volta e foi num ponto bem exato do que eu quis dizer.

Ele sorriu e disse:

- Sim. Verdade.

Ela ficou olhando para ele pensando e perguntou:

- O que você achou do meu beijo?

- Seu beijou? – Disse ele sorrindo.

- Eh! Meu beijo.

- Bem. Eu não tenho dúvida de como seu beijo seja bom.

- Você gostou?

- Paola, eu não considero que a gente se beijou.

- Porque não?

- O seu beijo foi rápido e sem querer.

- Sem querer?

- Bem, acho que você me beijou na empolgação, afinal foi o que você me disse.

- Sim eu disse. Mas eu não posso ter querido mesmo na empolgação?

- Talvez sim. Mas acredito que o beijo que você realmente queira dar seja bem diferente. Não seria um beijo rápido com mistura de empolgação.

- Verdade. Faz sentido. Você não quer descobrir como é meu beijo de verdade?

- Você sabe o significado de um beijo?

- Não! Me explica.

- Bem, acho que também não sei dizer em palavras seu significado, até mesmo porque o que significa vai além das palavras.

- Então como entender o significado?

- Está mais nos sentimentos e naquilo que ele representa. E um beijo pode representar muita coisa.

- Mas o que isso tem a ver com meu beijo?

- Para ser bem claro e simples de entender. Se eu te beijar, o que irá significar para você?

- Vou ganhar a noite, meu domingo, minha semana.

- Viu, meu beijo vai significar muito para você.

- Mas, acho que ainda não entendi o que você quis me dizer. Afinal qual o problema ele significar tudo isso?

- Paola, veja bem. Modéstia à parte, mas você já notou que sou um cavalheiro romântico?

- Ah querido, você é tudo isso e muito mais.

- Pois bem. Esse beijo iria significar muito mais do que você disse. Eu falo sobre o amor para as garotas, mas sabe o que é mais importante do que aquilo que eu falo e faço?

- O que?

- O porquê. O porque é a maior importância. Se eu te falar palavras bonitas, ter atitudes honrosas com você e o meu porque for apenas te dar um beijo ou conseguir algo mais e depois tudo aquilo ter sido apenas mentira, eu serei o pior que você já tenha conhecido ou minha poesia não fará efeito em você.

- E qual é o seu porquê?

- Eu acredito que uma mulher precisa ser bem tratada. Se estou te tratando bem, não é só porque você compete com a beleza do céu.

Ela sorriu e disse:

- Ah que gracinha. Como você é lindo.

- O beijo tem poder, é a armadilha da paixão.

- Acho que acabo de entender tudo. Você não me quer apaixonada por você?

- Querida, o que não quero é ver você sofrer por mim porque não viramos um casal. E pior, toda minha poesia ficar invalidada. O que mais importa é você viver o amor, com ou sem mim.

- Meu Deus, vou desmaiar de tanto delírio.

- Você está mais bem do que imagina, minha poesia vai mudar seu mundo.

Ela sorriu e ficou parada olhando para ele pasma. Ela perguntou:

- O que meu beijo significaria para você?

- Seria como beijar a lua.

- E você não quer beijar a lua?

- O beijo vai além do querer.

- Como assim?

- Como seria nosso beijo nesse momento?

- Acho que seria beijar a lua como você disse.

- Como seria nossa semana se nós tivéssemos beijado a lua?

- Se só com as palavras já estou delirando, beijando eu iria flutuar.

- Iriamos flutuar no amor?

- Sim.

- Pois bem. E se descobríssemos depois de algum tempo que a gente não combina como casal?

- Nossa, você que é tão otimista e de repente fica pessimista!

- Paola. O que quero dizer é, um beijo agora e estaremos completamente apaixonados. Se depois o romance não der certo, acredite será mais frustrante que não nos beijar agora.

- Você é muito inteligente. Mas será que a razão não esteja falando mais alto que a emoção?

- Está sim.

- Mas não devia ser ao contrário?

- Existe momento certo para ser ao contrário. Essa é a história que se repete todos os dias. As pessoas se levam pelas emoções no momento errado e depois se frustram.

- Entendi. Mas você queria me beijar? Seja sincero.

- Pelo desejo, estaria te beijando faz tempo. Mas acho que já tenho um pouco de maturidade para lidar com esses momentos.

- Então, você quer dizer que eu não tenho?

- O que eu quis dizer foi em relação a minha pessoa. Quanto a sua pessoa, te acho incrível. Você está emocionada com essa noite linda e esse momento especial em que estamos. Você é mulher e mulher é emoção.

Ela sorriu:

- Quantas palavras lindas.

Eles continuam a conversa, Davi:

- Mas eu gostaria mesmo que você vivesse essa emoção e eu consegui.

- Espera aí.... Você queria exatamente o que? Me explica.

- Eu gostaria que você admirasse o céu, se encantasse com a noite, se emocionasse com minhas palavras e desejasse o amor para si. Tudo o que fiz e falei, não teve nada a ver comigo e sim com você.

- Como assim?

- Você é outra garota depois desse momento. Eu sei que consegui fazer você enxergar um pouco mais. Tenho expectativa que a partir de hoje você vai desejar sonhar com o amor e esquecer o passado.

Ela sorriu, olhou para a lua e depois lhe disse:

- Creio que sim. Como não sonhar com o amor depois disso? O problema é que o amor para mim nesse momento é você e você parece ser bem difícil de ser conquistado. Talvez garotas mais lindas que eu também te ame tanto, ou eu seja, só mais uma garota para você. Não é de duvidar.

- Paola. Lembra que eu disse que o céu é o amor?

- Sim.

- Então, eu sou só uma estrelinha nessa imensidão!

- Eu não entendi.

- Nesse momento, amor para você significa eu, mas o amor é muito mais além, vai além de mim. O amor é do tamanho do céu. Você pensa assim agora, porque eu estou te dizendo essas palavras bonitas.

- Você quer dizer que o amor vai além da paixão e de um romance? É também amizade, família e outras coisas mais?

- Também. Tudo isso que você disse é verdade. Mas o que quero dizer é um pouco diferente.

- E o que seria?

- Quando pegamos uma pessoa e a consideramos o último biscoito do pacote, estamos enganados quanto a imensidão do amor.

- Ham. – Ela ficou admirada e ele continuou:

- Não existe esse negócio que tem que ser aquela pessoa, talvez aquela seja a pessoa errada. E o que acontece é que as pessoas ficam presas a pessoa errada e o romance não dá certo. Aí a pessoa se frustra e desiste do amor. Mas na verdade foi a própria pessoa que errou. Ela não olhou para o amor que é o céu e sim para uma estrela e que não é dela.

- Verdade.

- E o problema é que a frustação toda por causa de uma única estrela, que devia estar nessa única estrela, ela coloca em todo o céu e diz que o amor é complicado, é difícil e toda aquela lamentação de um frustrado.

- Onde você aprendeu toda essa sabedoria? Quanta filosofia garoto.

- Eu tenho estudado bastante. Mas creio que Deus também tenha me concedido esse dom.

- Claro que sim. Você é um poeta.

- Então olhe para o amor e não para uma única pessoa. Foque no céu e não numa estrela. Pois dentro do céu existe bilhões de estrela, alguma há de ser sua.

- Garoto. – Ela olhou bem dentro dos olhos dele:

- Eu estou pasma. Não sei de onde você veio, mas acho que deve ser da lua. Você me deixou completamente louca.

Ele sorriu.

- Sim eu vim da lua ou do espaço, o que você entender melhor. Quer dizer, da terra não sou mesmo, sou uma estrela no céu do amor.

- Promete não me abandonar? Eu quero sair muito mais vezes com você.

- Sim, com certeza.

- Olha, tudo bem você não me beijar. Mas ao menos te ouvindo, acho que um dia poderei ter uma vida amorosa. Claro, se for com você, melhor.

Ele sorriu e beijou a mão dela:

- Isso é o que mais desejo. Não importa que seja eu, importa que a garota que passe no meu caminho, tenha uma vida amorosa de verdade.

Ela continuou olhando para ele pasma, sua perplexidade era notória:

- Estou encantada!

A noite foi chocante para Paola, ela ouviu palavras lindas e sábias de um garoto que era genial, lindo, estiloso, educado, um morador da lua talvez. Já era tarde, eles já tinham conversado bastante, era hora de ir embora.

Eles chamaram um carro pelo aplicativo. O carro primeiro levou Paola na casa dela. Ela morava na área mais nobre da cidade. O carro parou em frente uma casa muito grande e bonita, era onde Paola morava. Eram duas horas da madrugada já de Domingo, Davi desceu do carro, acompanhou Paola até o portão, se despediu dela e ela entrou. Segura em sua casa, ele voltou para dentro do carro e foi embora.

Paola entrou dentro de casa, foi para seu quarto e antes de ir para o banheiro tirar a maquiagem e trocar de roupa, ela deitou por alguns instantes em sua cama pensando em tudo que acabara de viver. Ela entrou no seu aplicativo de conversa e tinha mensagem da Amanda perguntou como foi o rolê dela.

Ela respondeu tudo para a amiga. Amanda não estava online naquele momento. Paola ficou deitada sozinha em sua cama rindo sozinha. Ela lembrava de cada detalhe e não acreditava, como poderia ser tão bom assim. Ela lembrava desde o instante no shopping com Amanda quando procuravam uma mesa e viu o bonitão sozinho e decidirão fazer companhia.

E ela se argumentava: E se a gente tivesse ignorado e sentado em outra mesa? Como foi que tivemos coragem de ir até a mesa dele de propósito? Ainda bem que sentamos com ele. E se eu não tivesse ido na igreja com ele? Ainda bem que eu fui.

Tudo estava tão lindo, tão perfeito. Que noite linda. Será que o céu é mesmo bonito todos os dias? Será que não foi ele que deixou a noite linda? Nossa, já pensou se rolasse o beijo?

Eu ficaria loucamente apaixonada, com certeza. Será que ele não me quer no pé dele?

Será que ele é mesmo tão cavalheiro a ponto de rejeitar um beijo só para não me ver sofrer? E se fosse outro? Teria me levado para a balada e não para a igreja, não rejeitaria nunca um beijo meu, me levaria para o motel. Não mostraria o tamanho do céu, me mostraria o tamanho de outra coisa e ainda faria propaganda dizendo que o dele é o maior e melhor que eu já tivesse visto.

Diria que o amor é maior que ele, do tamanho do céu? Certamente eles olhariam para o tamanho da minha bunda e dos meus peitos. Aff, nem se compara a Davi. Mas afinal, qual será o mistério que ele tem?

E assim foi o adormecer de Paola. Ela foi tirar a maquiagem e trocar de roupa. Depois de longos minutos, ela deitou em sua cama com os pensamentos em Davi. Como foi a noite dela? Ah, você sabe, com certeza cheio de sonhos lindos.

Domingo de manhã, o dia estava agradável. Davi acordou, lavou o rosto, passou creme, protetor solar, arrumou o cabelo, trocou de roupa, toda manhã ele tinha sua rotina de embelezamento e cuidados. Depois do café, ele foi olhar as mensagens no celular. Patrícia havia lhe escrito que tinha adorado o passeio. Davi ligou para ela:

- Alô.

- Bom dia Patrícia.

- Bom dia. Tudo bem com você. – Disse ela toda hilariante.

- Estou bem. E você?

- Estou bem. Gostou das roupas que comprou?

- Sim claro. Adorei. Muito obrigado por ter ido comigo.

- Por nada. Quando precisar, pode contar comigo.

- Olha que eu te convido de novo.

- Pode convidar.

- Como foi seu dia de trabalho?

- Ontem foi ótimo.

- Você atendeu os clientes com propósito?

- Sim.

- Então não tenho dúvida que eles saíram da sua loja com bastante autoestima.

- Bom, no que dependeu de mim .... – Risos.

- Entendi. Continue assim Patrícia, trabalhando com propósito. Você vai se destacar no emprego e será promovida.

- Ontem eu fui bem, ganhei elogios, me destaquei.

- Propósito dá sentido, você deixa de trabalhar por obrigação. Todos deviam descobrir o seu.

- Concordo com você. Acho que tornou mais leve meus pensamentos, meu dia, meu trabalho.

- Vai trabalhar hoje?

- Sim. Logo mais eu já vou.

- Tenha um dia abençoado e iluminado.

- Obrigada! Para você também.

- Beijo, Patrícia. Fica com Deus.

- Beijo, tchau.

Davi olhou para o aparelho por alguns segundos sorridente e pensou: "Que menina gente boa". Patrícia por sua vez, só risos de alegria. Com certeza teve mais um dia de empolgação. Mas ter entendido seu propósito, fez diferença no seu dia.

Davi não era muito frequente nos aplicativos de conversa. Não ficava por muito tempo online por que não tinha muito tempo. Morava sozinho e tinha que cuidar da casa também. Trabalhava em home office, mas todos os dias tinha muita tarefa para fazer. Seu trabalho exigia concentração e empenho. Ele era bem focado, estudioso e bem rígido a sua rotina.

No seu aplicativo de conversa, sempre tinha bastante mensagem para responder. Apesar que na nova cidade em que morava, só conhecia Jéssica, Patrícia e agora Paola e Amanda. Mas os amigos da antiga cidade ainda mantinham contato. Entre as mensagens não respondidas, tinha a de Jéssica enviada ainda no Sábado, perguntando se ele estava bem.

Davi logo imaginou que Jéssica estivesse tendo um Domingo de ressaca e carência. Ele ligou para ela, mas ela não atendeu. Ele pensou, provavelmente está dormindo, quando acordar, ela me liga.

Davi raramente era de ligar, normalmente os amigos que ligavam para ele. Mas nesse domingo, ele estava ligando para as pessoas. Ligou para alguns amigos da cidade em que morava, para sua família e também ligou para Paola:

- Alô!

- Bom dia.

- Bom dia. – Respondeu Paola com voz de sono.

- Eita voz de sono.

Ela sorriu:

- Acabei de acordar.

- Sério?

- É sério.

- Me conta como foi seu sonho.

- Ah foi lindo.

- Que fofa.

- Ainda estou perplexa com você cara. Você é extraordinário.

- Acho que extraordinário mesmo é sua companhia.

Davi começa a ter uma amizade mais profunda e mais intima com Paola. Ele já era bem chegado da Jéssica. Apenas com Patrícia, a amizade estava mais rasa. Patrícia era um pouco tímida e insegura, além da baixa autoestima em alguns momentos.

- Menino, igual a você não existe.

- Todos nós somos únicos.

- Mas sua particularidade me tocou.

- Que bom. Fico feliz.

- O que está fazendo?

- Conversando com a lua por telefone.

Ela caiu na risada:

- Agora eu sou sua lua né.

- Mas porque só agora?

- Ué, você quis assim. Ontem eu era só uma estrela no universo de amor.

- A estrela de um brilho intenso e cheio de charme.

- Você está me seduzindo.

- Estou te seduzindo a sonhar.

- Mas pode ser você esse sonho?

- Mas você já sonhou comigo essa noite.

- Com o que mais eu poderia sonhar?

Ele pensou:

- Hum.... Deixa eu ver..... Com o amor e sua leveza.

- Aí esse amor vai e te abraça?

- Eu adoro abraço.

- Tá bom. Quando eu te ver de novo vou te abraçar tanto
....

- Só aceito se for daqueles bem apertados.

- Com toda a minha força, com certeza.

Eles conversaram por uns trinta minutos. Paola ainda estava em estado de delírio de admiração por Davi. Ela se sentia flutuar na leveza de pensamentos sábios.

Quando foi depois do almoço, Jéssica ligou para Davi. Ela viu a ligação perdida e retornou. Tinha saído no dia anterior com uma amiga. Foi para a balada, bebeu muito, ela estava de ressaca e bem carente, como Davi imaginou. Ele viu que ela estava na bad, a convidou para tomar um açaí mais tarde. Ela aceitou, afinal, um momento com Davi, iria lhe fazer bem.

Deu o horário combinado, Davi chegou no ponto de encontro e aguardou Jéssica chegar. Ela não demorou e logo chegou. Davi estava sentado no banco olhando para o lado meio distraído até que alguém tocou seus ombros ele olhou, era Jéssica:

- Oi querido. – Cumprimentou ela com voz de desanimo.

Ele levantou abraçou ela e beijou seu rosto.

- Oi querida. Que voz de desanimo.

- Ah, hoje eu estou estressada.

- Estou vendo mesmo.

- Só vim porque é você.

- Por isso mesmo te convidei.

- É, até que um encontro com você vale a pena. Aliás, seria difícil te dizer não.

- Vamos, seu dia vai melhorar.

Ele abraçou ela e a levou até o lugar onde iriam comprar açaí. Chegando lá, cada um escolheu o seu e foram tomar numa mesa de praça debaixo de uma árvore. Enquanto tomavam, conversavam:

- Fala aí Jéssica, o que te atormenta?

- Aí, é tudo. – Disse ela sorrindo um sorriso estressado:

- O dia, o calor, a ressaca e sei lá o que mais.

- Falta de doce?

- Deve ser.

- Então agora vai ficar tudo bem.

- Tomara viu.

- Como foi seu Sábado?

- Bom, ontem de dia fui na manicure, fiz hidratação no meu cabelo, ontem foi um dia de princesa, porque minha beleza merece né querido.

- Com certeza.

- E a noite eu saí com minha amiga. Fomos numa balada e eu enchi a cara. Voltamos já era umas cinco horas.

- Entendi. Encontrou seu amor lá na balada?

- Que amor?

- Você não está em busca de um amor?

- Ah querido, o único amor que eu sonho é você porque esses outros garotos aí, pelo amor de Deus. Não dá não.

- E o que você fez na balada além de beber?

- Afoguei a falta de um namorado amorzinho igual a você na cachaça e beijei mesmo. Tinha uns caras maior gatinho, eu fiquei com eles. Mas também é só isso.

- Amorzinho igual eu, não procura namorada na balada.

- Mas pode acontecer.

- Até pode, mas é bem difícil. O que você foi fazer lá? Os caras foram fazer a mesma coisa. Beber e beijar, nada de compromisso. Essa hora estão por aí de ressaca, talvez nem se lembrem mais de você.

- Lembra nada, aqueles cornos. Nem para ligar para a gente no outro dia.

Davi pegou e beijou a mão da Jéssica:

- Você sabe né, eu te admiro muito e torço muito pela sua felicidade.

- Aham.

- Isso é uma fase, vai passar.

- Eu queria que passasse logo.

- Você realmente quer viver coisas diferentes?

- Com certeza.

- Quer mesmo?

Ela respondeu num tom de estresse:

- Claro né Davi. Olha meu estado. É claro que eu quero.

- Então aja diferente. Faça diferente, seja diferente.

- Mas diferente como?

- Se você fazer tudo igual e ser a mesma pessoa de sempre, você viverá a mesma vida de sempre.

- E o que eu preciso mudar?

- O seu interior, suas emoções, suas crenças, escolhas, atitudes, comportamento.

- E como faz isso?

- Eu te ajudo.

- Ajuda mesmo?

- Sim. Mas como disse, se você realmente quiser. Eu só estou falando isso com você, porque já estamos bem amigos e tenho essa liberdade. Porque é feio se intrometer na vida dos outros. Querer mudar as pessoas então, é totalmente deselegante.

- É verdade. Mas você é bem delicado e educado, eu deixo, não ligo de você me dar uns conselhos. Você é meu melhor amigo, mais confidencial que muitas amigas.

- Sendo assim, vou te dar muitos.

- Você é bem amigo mesmo.

Davi começou a falar coisas boas para Jéssica, que fizesse ela entrar na segunda feira animada, com expectativas e não com um péssimo humor. Segunda-feira costuma ser de desânimo, se ela entrasse com toda aquela bad, a segunda seria um tédio.

- Jéssica, o amor é leve. Ele é uma camada que está acima da dor.

- Como assim?

- Vou filosofar para você.

Ela riu e disse:

- É bem a sua cara.

- Vou dizer em sentido figurado e não físico, ok?

- Ok.

- Aqui é o mundo que vivemos. Aqui é onde estamos.

Disse ele apontando para a praça.

- Ham. – Disse ela com um sorriso sútil. Ela já estava melhorando seu humor.

- Aqui onde estamos está a dor, a frustração, a mentira, a falsidade e uma lista de extensa de coisas ruins.

- Sei.

- Por exemplo: a bad, a depressão, a sofrência, carência. E tudo isso é pesado, fica no chão. Se nós carregar essas coisas pesadas, vamos ficar no chão. E como eu disse, o amor é uma camada leve, ele fica acima. Para encontra-lo, temos que sair do chão. Suponhamos que o amor é a camada de ozônio, está nas alturas.

- Têm que voar?

- Voe nas asas do amor.

Ela sorriu:

- Já sei, tenho que pegar um avião como você, aí vou voar nas asas do amor.

- Ou nas asas da ilusão.

- Aff.

- Tem gente que vê uma pessoa e pensa, que avião, vai me levar as alturas. Até leva, mas avião voa, ele não fica para sempre no ar, com certeza ele vai pousar. Quem estiver nele, volta ao chão.

- Nossa.

- O maneiro mesmo é flutuar.

- E como flutuar?

- Deixando o peso.

- Deixar a bad?

- Com certeza. Fazendo isso, você vai entrar na sua segunda-feira bem mais leve. Porque se entrar com todo esse peso....

- Hum.... Verdade.

- Deixa tudo.

- E como deixar?

- Primeiro identifique os pesos que você carrega. Depois largue eles e você irá flutuar feito um balão com gás hélio.

- Sei. – Disse ela sorrindo.

- As pessoas precisam largar seus pesos e flutuar, quando elas chegarem na camada do amor, o romance acontece.

- Nossa! Que poético.

- Vou te dar um exemplo. Eu e você se encontra na camada da terra, carregamos pesos, a bad, a sofrência, o vício, entre tantas coisas. Suponha que gente comece a ter um caso.

- Estou gostando. – Disse ela com um sorriso.

- E eu também. Mas aí a gente não dá certo, mas passa um tempo a gente larga o peso, flutuamos e nos encontramos de novo na camada do amor. Aí dessa vez dá romance, o que foi que determinou dar errado na primeira vez e dar certo na segunda?

- O que?

- Simples, a camada. Na terra não dá romance, mas na camada de ozônio, é certeza.

Ela fez uma expressão de admiração.

- Não que duas pessoas por estarem na camada do amor, é certeza que vão dar certo. Se não for a pessoa certa, também não dará. Quando você flutuar até o amor, é preciso tentar com a pessoa certa.

- É bem complexo.

- Sim e não. Na verdade, é simples.

- Tá, então me simplifique tudo isso que você disse.

- Na terra, tem diversão, caso, pegação, esquema, programa, traição, essas coisas assim, ficar por ficar sem compromisso. Na camada de ozônio tem romance, relacionamento, noivado, casamento, união, fidelidade. Viu como é simples.

- Nossa, se parar para pensar é verdade mesmo.

- Claro que sim. E bem simples, na terra, curtição, camada de ozônio, romance. Cada um escolhe o que quer. Tem gente que se diz feliz na zoeira, beijar muito, sexo sem compromisso, essas pessoas ficam na terra. Quem quer um compromisso sério, flutua até o amor e lá dá romance.

- Interessante. Nunca eu tinha pensando assim.

- Pois é.

- E porque é preciso flutuar para encontrar o amor, eu não posso dar certo com alguém na terra mesmo?

- Não! Romance só acontece na camada de ozônio. Quem está namorando na terra, logo irá terminar. Porque as coisas da terra não são compatíveis com o amor. E quem está na terra é porque está focado em algum peso.

- Como você me explica isso?

- Bem, na camada da terra, o que tem: é o vício, não digo a bebida, digo o vício, beber para chapar. Tem a falta de compromisso, apenas zuar mesmo. São coisas que não deixa o amor fluir. Suponha que estamos namorando, você bebe muito e eu gosto de pegar muitas garotas. Você acha que daria certo?

- Não. Porque se você gostasse de muitas, você iria me trair.

- Entendeu? Meu foco é pegar mulher e o seu é chapar, nesse caso o romance ficou em segundo plano. Romance em segundo plano não funciona. Suponha que eu queria te encontrar, mas você não pode porque marcou de ir chapar, eu não vou gostar de ficar em segundo plano e nem aceitar.

- Verdade.

- As coisas pesadas da terra não deixam o amor acontecer. Se eu gosto de muitas garotas, eu acabaria te traindo, porque eu quero na verdade é me divertir e não me amarrar. E você quer também é se embriagar e se divertir e não fazer companhia para alguém. É preciso deixar tudo para viver o amor. O garoto precisa esquecer a vida de solteiro, a garota precisa deixar para trás seu passado. Resumindo, é o que disse, flutuar para a camada do amor.

- Romance e bebida não combinam?

- Romance não combina com o vício e a embriaguez. Sobre a bebida, existem duas vertentes.

- Quais?

- A bebida e a embriagues. Beber é uma coisa, se embriagar é outra. Existe muita diferença entre beber uma lata e beber dez latas.

- Verdade.

- Alguém que bebe uma lata, ela não terá prejuízo por isso. Mas quem bebe dez, é outra história. E a parte principal disso é o porquê.

- Como assim?

- Quem bebe uma lata tem um porquê e quem bebe dez, tem outro porquê.

- É, talvez.

- Talvez não, é assim. Quem bebe uma lata, é uma pessoa controlada, ela pode apenas estar a fim de desfrutar mesmo. Ela conhece seu limite e o respeita. Também não é depende do álcool, se precisar ficar sem beber, não é problema. Quem bebe dez, é ao contrário, tem outros motivos. Essa pessoa ama a embriagues e não a bebida.

- Como assim?

- Quem bebe dez, quer chapar e não beber. O que importa para essa pessoa é o efeito, não é pela bebida. Ela quer ficar alterada, chapar, ficar louca. Ou também pode ser pelo status, porque beber muito, ficar louco é uma status. Talvez só para mostrar para as pessoas ou para alguém, que bebe mesmo e fica louco.

- Nossa, verdade.

- Já quem bebe uma lata, é pela bebida. Talvez porque ela goste daquela bebida, ela quer apenas desfrutar do sabor dela. Ou pode ser pelo momento, estar comemorando alguma coisa com alguém.

- Suas palavras são diferentes. Como você é filosofo.

- Está te ajudando?

- Sim, com certeza.

- Quem realmente quer desfrutar a bebida, essa pessoa tem consciência. Ela não vai beber demais, porque isso vai lhe deixar bêbado e ficar bêbado é um problema.

- É?

- Sim. Você chapou ontem, olha só para você hoje, perceba como chapar ontem estragou o seu domingo, agora você precisa lidar com a ressaca.

- Verdade.

- Então tem pessoas que procura coisas diferente na bebida. E mais, a bebida em excesso, ela mata, destrói pessoas, relacionamentos, carreiras, futuro e sonhos.

- Você tem razão.

- Então a primeira coisa que você precisa largar para flutuar, é o vício.

- Mas eu não sou viciada.

- Eu acredito que sim. Por exemplo, você se imagina voltando na balada e não colocando nem uma gota de álcool na boca?

- Acho que não.

- Então é vício. Porque você depende do álcool. Se te causa dependência, é vicio, se é vicio, você tem que largar. Nada pode te amarrar, você tem que flutuar.

- Duas pessoas que bebe muito, será que elas não podem viver um romance? Por que eu já vi casais de muitos anos que os dois bebem muito.

- Verdade.

- Como explica isso?

- Bem, não é nada fácil te explicar isso. Acredito que eu não tenha essa resposta agora. Mas de uma coisa eu sei. Essas pessoas podem estar vivendo o amor, mas eu tenho certeza que a maioria das pessoas, precisam deixar o vício. Não digo a bebida e sim o vício mesmo, a dependência, o excesso. A maior parte das pessoas se não deixarem essas coisas, não viveram o amor. Disso, eu não tenho dúvida.

- Você quer dizer que, algumas mesmo com esse peso até podem flutuar até amor, mas a maioria não conseguiria flutuar? É isso?

- Você colocou as palavras que eu não soube dizer. É exatamente isso. Algumas podem até flutuar com o peso do vício. Mas a maior parte não teria estrutura para flutuar com esse peso. Por isso a maneira mais simples é deixar tudo o que é peso. E tudo o que é da terra, é peso.

- Entendi. O que mesmo seria da terra?

- Coisas ruins e pesadas. Depressão, carência, vício, crises, falta de caráter. E aí vai uma infinidade de coisas.

- Entendi.

- Agora aquilo que é leve, está na camada do amor. Seria a alegria, felicidade, verdade, honestidade, carisma, simpatia, faz sentido?

- Sim.

- Quantas vezes você já ouviu falar que um ambiente estava pesado?

- Várias.

- Com certeza lá tinha mentira, discussão, briga, inveja, orgulho, medo, ingratidão, arrogância, ignorância, entre muitas outras coisas.

- Verdade.

- Jéssica, estraga sua vida não. Você é uma garota amiga, merece ser feliz. Esquece o que já te magoou, perdoa seu passado, perdoa pessoas, perdoe a si mesma. Se solte de qualquer coisa que te cause dependência e te prende. Seja leve para sua vida ser leve. Sua felicidade é mais importante que qualquer decepção, esquece as mágoas e valorize você e sua felicidade.

- É, preciso melhorar minha vida.

- Faça isso por você, você é sua maior motivação.

- Sim, mudar por causa dos outros não compensa.

- A questão não é essa se compensa ou não. Digamos alguém que está péssimo e muda para melhor por causa de alguém, com certeza compensou. Mas a questão é sempre o você. O que mais importa para uma pessoa, é ela mesma.

- Ficou confuso.

- Vou simplificar. Exemplo, antes que eu seja importante para você, a sua pessoa precisa ser importante para você. Como você poderia me amar se você não amar a si mesma?

- Ah, entendi.

- Há pessoas que estão focadas numa paixão, mas esquecem de si mesma, não se amam, não se cuidam, não se dão valor, elas nunca vão conquistar a paixão delas. Afinal, quem vai se apaixonar por alguém que não se ama, não se cuida, não se valoriza?

- É mesmo.

- Perceba, alguém que tente mudar por causa de alguém, nunca muda e mesmo que muda, não alcança o que procura. Quando alguém decide mudar por si mesmo, a motivação é muito maior, é muito mais provável dar certo.

Anoiteceu, Davi e Jéssica foram embora. Jéssica não estava mais na bad e sua segunda-feira não foi um desastre.

Quando chegou terça-feira à tarde, Paola convidou Davi para fazer uma caminhada em um parque famoso na cidade que ele não conhecia. Ele aceitou e a encontrou na entrada do parque.

Estavam animados, com roupas leves para praticar atividades físicas. O lugar onde estavam era grande e cheio de pessoas. Aquele parque era um lugar gostoso, natural e relaxante. Tinha muitas árvores, uma grande lagoa e uma longa estrada em sua volta para corrida e caminhada.

Tinha também diversões: bonde, pedalinho, um barco caravelas que podia entrar dentro para tirar fotos. Quadras de esportes, aparelhos para exercícios, planetário e um extenso gramado para fazer piquenique. Aquele parque estava sempre cheio, um lugar lindo e maravilhoso.

Em todo o território do parque, tinha muitos animais, coisa que Paola adorava. Podiam tirar fotos de diversos bichos. Eles caminharam por uns quarenta minutos, depois sentaram num banco de frente com a lagoa vendo o pôr do sol.

Davi tinha adorado o parque:

- Gostei muito daqui, vou voltar mais vezes.

- Aqui é lindo. Venho muito aqui.

- Você sempre senta aqui para ver o pôr do sol?

- Na verdade é a primeira vez que tenho essa experiência.

- O que fez das outras vezes?

- Tudo, menos sentar para ver o pôr do sol.

- Nunca se interessou pelo pôr do sol?

- Eu nunca fui de dar bola.

- Mas você está achando lindo?

- Sim. Muito lindo. Vou postar essa foto que tirei. Momento perfeito.

- Legal. Faça isso.

Ela entrou no aplicativo e postou a foto:

- Pronto. Postei.

- Vou entrar aqui e curtir.

Eles ficaram alguns instantes mexendo no celular, mas logo largaram ele de lado e voltaram a conversar:

- Davi, olha que bicho lindo.

- Você ama né.

- Sim, demais.

- Você tem um grande coração.

- Tenho. É tão grande que haja amor para encher.

- Seu coração pode ser grande, mas o céu é mais. Entendeu né?

Ela riu:

- Sim, claro.

- Como você se sente?

- Bem. E você?

- Na sua companhia? Poxa, me sinto incrível.

- Ah, você é incrível.

- Bem.... Sou. Ter amizades como a sua, acho que é preciso mesmo ser incrível.

- Sério?

- Sim. Eu estou tendo o melhor da sua amizade. Talvez pessoas que te conheçam a anos não tem.

- Verdade. Você é meu cumplice.

- Ganhei sua cumplicidade?

- Totalmente. Você me leva nas alturas, me fez enxergar o amor com a ótica da sabedoria.

- O que você enxergou?

- Primeiro, que você é incrível.

- Modéstia à parte.

Ela riu:

- O amor é grande demais e dentro dele existe um universo de felicidade. E nós muitas vezes focamos em coisa pequena considerando que aquilo representa o amor. Mas na verdade, o amor é muito mais que um simples relacionamento.

- Se eu fosse professor, você seria a minha aluna predileta, a que mais teria aprendido.

- Professor talvez você não seja, mas você é um mestre e tanto. E o você ensina uns pensamentos tão profundo quanto o mar.

- Você está ficando poética.

- Você está mexendo com minha cabeça. Ficar perto de você está me causando tudo isso.

- Que bom.

- Só tem uma coisa que você não está percebendo ou se está, não está ligando ou se importando.

- O que seria?

- Você me tocou profundamente, você tem noção que eu fiquei esse tempo todo pensando em tudo o que você me disse?

- Sério?

- Para ser sincera mesmo, eu cheguei a pegar um caderno e caneta e começar a escrever as coisas que você me falou e estudar sobre elas. Você tem palavras profundas.

- Não imaginava que você fosse considerar tudo isso.

- Davi, eu estou completamente maluca.

Ele riu e ela afirmou:

- É sério.

- Alguém já te disse hoje que seu sorriso é perfeito?

Ela riu:

- Davi, seus elogios estão construindo algo dentro de mim.

- E o que seria? – Disse ele sorrindo.

- Um palácio de amor, uma moradia.

- Poxa, combina com você. Você é rainha e nesse seu palácio vai morar um rei.

- Você é o único que eu conheço.

Davi segurou as duas mãos de Paola, olhou bem nos olhos dela:

- Paola.

- Pode falar.

- Como te disse, eu sou apenas um pontinho dentro do amor. Todas as palavras bonitas que te digo é exatamente para isso que você está fazendo, construir um castelo dentro de você. Eu não conto mentira para as garotas, eu ando com a verdade. Eu te digo para você se encontrar com o amor, independentemente de quem será seu rei.

- Aham.

- Essas minhas palavras são verdadeiras. Estou abrindo meu coração para você. Você é incrivelmente linda, muita linda, você parece uma boneca.

- Sério?

- Sério mesmo, você é muito bonita. E você tem todos os aspectos de beleza que um homem adora. Olhos, lábios, sorriso, seu corpo então, dispensa comentários. De uma forma educada eu te digo que você é gostosa com força, você é um mulherão de tirar o fôlego.

Ela fez uma expressão de espanto e de boca aberta:

- Ham?

- Você é muito princesa. Contudo, eu até agora destaquei outras qualidades que você tem, coisas que os homens não sabem fazer. Infelizmente eles só sabem dizer duas palavras: bonita e gostosa. Mas eu olho para o interior, o sorriso, o olhar.

Ela ficou perplexa.

-Meu Deus. Alguém me belisca.

Davi sorriu e continuou:

- Além disso tudo que eu já te disse, você é muito inteligente, esperta, forte, educada e simpática. Veja como você é interessante. Isso que não estou considerando sua classe social, o fato de você ser uma garota de classe média ou alta. Porque isso não influencia em nada no amor.

- Aham. – Disse ela hipnotizada.

- Você é especial. Você é muito mais que uma garota interessante, você também é sábia, uma menina culta, alegre e sorridente. Você é irresistível. Vou te confessar que eu fico louco de desejos por você. Mas existe algo que é maior que tudo isso.

- O que? – Perguntou ela de boca aberta e hipnotizada.

- Deus, o amor, a sabedoria, a amizade.

- E o que tem?

- Bem, deixa eu ver como te explicar isso .... – Ele ficou pensando por alguns instantes enquanto ela se recompunha.

- Paola, sobre tudo, não podemos nos induzir as fantasias. O amor vai além de desejos, sentimentos, momentos. Vai muito além.

- E??? – Disse ela gesticulando.

- Eu estudo sobre esses pensamentos. Por isso tenho essa sabedoria. Se eu tenho esse conhecimento, eu preciso passa-lo adiante.

- Então, tudo o que você me fez foi apenas para me ensinar sem qualquer pretensão? – Perguntou Paola muito perplexa e um pouco frustrada.

- Sim.

- Entendi. – Respondeu ela tentando assimilar o pensamento.

- Paola, você já percebeu que eu não ligo em me aparecer né?

- Sim, percebi. Você é bem diferente de muitos que conheço. Dos elogios que eu te dei, se fosse a outro, o cara estaria se sentindo um deus.

- Pois bem. Então você vai me entender o que vou dizer. Sem a menor vaidade com isso, eu gosto, adoro muito ser isso, mas isso em parte é irrelevante. Eu sou galã.

- Com certeza. Você além de gato, é inteligente e sábio. – Disse ela toda encantada.

- Então você que é inteligente já deve imaginar que tem muitas garotas apaixonadas por mim?

- Ah, imagino sim, não tenho dúvida. – Disse enquanto seus pensamentos diziam: "é obvio".

- Então, se eu tenho esse charme que conquista as garotas e tenho toda essa sabedoria, eu preciso usar o meu sucesso com elas para algo maior que eu, além dos meus desejos.

- Acho que estou te entendendo. – Respondeu ela um tanto inconformada.

- Todas as garotas que passa pelo meu caminho, eu trato elas bem e tento anima-las. Se tenho intimidade com elas, dou conselhos amorosos. Para umas, mostro a lua, para outras o céu, outras as estrelas. Sempre despretensiosamente, apenas para o bem delas. Da mesma forma que serei feliz com alguém, desejo isso a elas também.

Paola quer saber o que Davi acha dela, então ela começa a procurar por perguntas que arranque dele alguma coisa que satisfaça suas dúvidas:

- Eu sou só mais uma garota no seu caminho?

- Nunca alguém é só mais uma.

- Como assim?

- O mundo tem sete bilhões de pessoas, sem contar outras bilhões que já viveram por milhares de anos e outras que ainda virão. Contudo, cada ser é único, mesmo se juntasse todas essas bilhões e mais bilhões de pessoas, cada uma teria uma identificação única por biometria e pela íris nos olhos. Porque você seria só mais uma na vida de alguém?

- Não sei. Você me deixa confusa, maluca, pensante.

- Por um lado, isso é bom. Acredito que te fará crescer.

- Sim.

- Você é inteligente.

- Tá, mas me diz o que eu significo para você?

- Bem, deixa eu pensar.

- Você não tem a resposta na ponta da língua? – Perguntou Paola com um tom de frustração.

- Não. Muitas vezes eu não terei.

- Existe alguém que você tenha na ponta da língua o significado?

- Paola. Entendi. Você está pensando que por eu não ter a resposta na ponta da língua, talvez seja porque você não significa muita coisa para mim. Não é?

- Sim.

- O motivo pelo qual não tenho a resposta na ponta da língua, não é esse. Por muitas vezes, antes de dizer uma coisa, eu paro e penso.

- Porque?

- Primeiro que palavra não tem volta, tem perdão, mas não volta. Depois que você diz uma besteira, não tem como aquelas palavras voltarem para dentro de você e reverter os efeitos. Outra coisa é, para falar com sabedoria e inteligência, é preciso racionar, procurar pelas melhores palavras dentro de um contexto que explique o que quero falar.

- Você está dizendo que para ser sábio, inteligente, dizer palavras bonitas, é preciso pensar antes de falar?

- Sim.

- Mas raramente você para pra pensar antes de falar.

- Não é sempre que você precisa exercitar a mente para encontrar as palavras. Mas há momentos que o melhor é pensar, refletir e depois falar. Principalmente se for para dar opinião sobre alguém, por estar ligado diretamente a uma pessoa. Nesse caso, uma palavra errada e você machuca essa pessoa. Acredito que todo sábio seja assim.

- Entendi. Então pense sobre o que eu significo para você.

- Está bem. Vou pensar.

Ele pensou por alguns instantes e começou a falar:

- Você significa para mim crescimento.

- Porque?

- Reparou que você faz bastante perguntas?

- Isso te incomoda?

- De modo algum. Talvez seja por isso que você signifique crescimento para mim.

- É que eu fico confusa, as vezes não te entendo. Se fosse outra pessoa, eu deixaria para lá, consideraria como nada de importante. Mas vindo de você, eu sei que tem importância. Então pergunto até minhas dúvidas serem esclarecidas.

- Isso é bom. Porque não é só você que cresce, eu também cresço. Eu me considero um aprendiz, não me vejo como o cara.

- Você é mesmo modesto. Se fosse outro cara, estaria se gabando para tentar me convencer para seus desejos. Já você, esconde seus desejos atrás de algo maior, o amor.

- Paola, um dia conquistarei alguém com o que sou sem precisar inventar história. Por isso eu apenas ensino o que sei as garotas e você, pode ensinar os garotos. Você também é inteligente, uma garota que raciocina, reflete, entende, debate e expõe.

- Você gostou?

- Adorei.

- Quero te perguntar uma coisa sobre você.

- Você tem bastante curiosidade sobre mim né?

- Demais. Você é um poço de mistérios. Eu quero descobrir tudo.

- Está bem, eu te respondo. Mas antes me diz porque você quer saber tanto sobre mim? Seja sincera.

- Tudo bem, vou ser sincera. Na verdade, nem tem como esconder, você já sabe disso mesmo. Eu te adorei, você é solteiro e há de arrumar uma garota. Eu sou mais uma em meio a tantas que te quer. Todas querem esse cara que você é, mas já percebi que nem todas terão. Eu sei que lá no fundo, você quer apenas uma para chamar de sua.

- Verdade.

- Mas a questão é, como fazer para ser essa garota? Não basta eu ficar te olhando e babando como todas, preciso entender que tipo de garota você procura. Enquanto estamos aqui conversando, não sei se você está reparando, mas muitas que passam por nós, te olham e te desejam.

- Eu não fico reparando essas coisas.

- Sei, você é discreto. Mas o fato é, uma garota há de te conquistar e eu quero saber o máximo sobre você, sobre o perfil da garota que você vai amar, porque eu quero ser essa garota, entendeu?

- Sim.

- Minha pergunta é, você tem uma lista de garotas que você avalia se elas têm o perfil que você procura?

- Paola, você é tão inteligente que acredito que nem você imagina. Você já mostrou toda essa inteligência alguma vez?

- Você as vezes foge das perguntas né.

Davi sorriu.

- Mas respondendo à sua pergunta, acho que desde Sábado à noite eu estou mais inteligente. Eu nunca pensei tanto como agora, nunca coloquei tanto minha cabeça para funcionar como agora.

- Tudo isso por causa de mim?

- Sim.

- Entendi. Bem, a única lista que eu carrego comigo, são minhas amigas, primas, conhecidas. Lista de pretendentes, nunca tive.

- Porque não?

- Acho que desde sempre considerei o amor do tamanho do céu. Isso tira o foco das estrelas para focar em todo o universo.

- Mas e o desejo por uma estrela?

- Sobre o desejo eu já te disse antes, considero o amor muito mais grande e relevante que os meus próprios desejos.

- Você ignora completamente seus desejos?

- Talvez sim, não sei te dizer.

- Tá. Acho que minha pergunta não me ajudou. Vamos tentar diferente. Vou ser bem direta e profunda. Agora quero saber sua opinião sobre minha pessoa. Mas não como me respondeu antes. Quero saber no sentido do amor, do romance. Você me entende né?

- Sim. – Diz ele sorrindo.

- Quero que você diz sobre mim no que diz respeito a esses assuntos bem picantes, tipo se eu poderia ser sua estrela, sua musa, a pessoa com quem você gostaria de fazer tudo pelo resto da sua vida, me amarrar nos seus braços e passar uma noite toda comigo. Me jogar na parede e me fazer ver outras bilhões de estrelas. Desculpe meu atrevimento, sei que um dia você quer uma garota para algo mais além de a convidar e dizer lindas palavras olhando para a lua. Sei que um dia você quer uma garota nua na sua cama para você elevar sua poesia. Que te satisfaça e seja sua parceira. O amor da sua vida para passar a eternidade, você me entende?

- Sim, você foi bem direta.

- É que você é muito inteligente e educado. Já percebi que se uma garota perguntar se ela pode ser sua namorada, você vai no fundo do oceano de sua sabedoria só para encontrar palavras que a deixe ainda mais engrandecida e sem dar a ela esperança que você é o amor dela, ou seja, você é um gênio. Mas eu estou pronta para arrancar de você os mistérios, os segredos, quero ouvir a verdade sobre mim. Fale tudo, minha beleza, meu humor, temperamento e minha sensualidade.

- Você está bem poética, profunda, filosofa, extraordinariamente mais que uma sábia. Acho que você provou da arte e da poesia. Suas palavras não são de garotas normais.

- É você, desde que te conheci estou assim. Talvez tudo isso sempre esteve em mim, mas nunca ninguém me despertou isso. Você em alguns minutos já estava mexendo com a minha cabeça.

- Só com a cabeça? – Disse ele rindo:

- O coração está bem, firme e forte?

Ela riu:

- O coração está vibrante, palpitante, os sentimentos à flor da pele, estou louca.

- Que ele continue assim. Coração não pode ficar muito parado, é perigoso.

- Engraçadinho. Mas me responda. Fale a verdade, mata minha ansiedade.

- Você está apaixonada?

- Eu não sei, estou diferente. Nunca me senti assim. Não sei o que sinto, mas sei que é profundo.

- Entendi.

Paola desde que conheceu Davi, seu estado emocional havia mudado. As palavras de Davi entravam em sua mente e revirava todas as suas crenças, emoções, convicções e ela se via num turbilhão de perguntas.

Que Davi era incrível e diferente, isso é bem lógico e notório. Mas todas essas coisas na cabeça de Paola, dava um nó e ela ficava louca. É como se ela estivesse diante de um anjo disputado por milhares de deusas e ela se via com uma sabedoria de questionamento que poderia diferencia-la das demais.

Ela sentia uma competição acirrada e para vencer, precisaria estratégias, pensar fora da caixa, se diferenciar, ser relevante. Uma pedra preciosa e rara, a única do universo, talvez fosse isso que aquele anjo procurasse. Sua mente disparava perguntas e questionamentos afim do seu crescimento nessa disputa.

- Você está disposta a ser minha namorada?

Ela sorriu e balançou a cabeça concordando:

- Sim, quero. Muito!

- Entendi. Quer saber se você pode ser essa pessoa?

- Exato.

- Bem, eu te avalio.

- Tá, você está dizendo que está me avaliando ou vai avaliar?

- Eu não tenho lista de pretendente, mas eu avalio o perfil das garotas. Coisa que toda pessoa deve fazer.

- Como assim?

- Uma garota é solteira e quer encontrar alguém, ela deve fazer uma avaliação de todos os garotos solteiros que ela conhece. Hoje em dia as pessoas não têm essa prática, ninguém observa ninguém. Garotos vivem olhando para a beleza e garotas para o status. Pessoas colocam pessoas em suas vidas sem avaliar e sem conhecer. Isso é um erro. Muitas garotas evitariam muitas tragédias se conhecessem melhor quem elas estão namorando.

- Mas como é essa avaliação?

- Te mostrando na prática, eu tenho em mente o perfil da garota que quero. Ao te conhecer, além de observar o seu caráter e comportamento, devo fazer uma análise do seu perfil para ver se encaixa no que eu quero. Se sim, eu devo procurar entender o perfil que você busca, para ver se eu me encaixo ou topo me encaixar nele, que é exatamente o que está fazendo.

- Verdade.

- Bem. Então você entendeu que é algo simples, não é orgulho meu avaliar uma pessoa?

- Sim, entendi. Faz sentido. As pessoas realmente não fazem isso. Às vezes nos envolvemos com pessoas que mal conhecemos.

- Uma boa avaliação antes, pode evitar perda de tempo e desgaste de um fracasso amoroso.

- As pessoas se levam por necessidade e ansiedade.

- Por isso sofrem e perdem oportunidades. Há garotas que conhecem garotos interessantes, mas eles passam e elas nem percebem porque estão apenas olhando para os garotos de status. O mais exibido, o mais pegador ou o que tem alguma coisa, carro, moto, iate, percebe o comportamento das pessoas?

- Verdade.

- Já os garotos estão olhando para três coisas: um rosto bonito, peito e bunda. E quanto maior, maior o desejo dele. Muitos conhecem garotas incríveis, elas passam por seus caminhos e eles nem percebem.

- É bem isso. Mas você está me deixando aflita. Fale sobre mim. Cara, você é incrível. Sábado me levou lá fora para me mostrar as estrelas e isso que eu sou apenas uma amiga. Imagina com quem for sua namorada? Que loucura você vai fazer? Estou curiosa. Como seria a lua de mel com você? Quem seria a agraciada em conquistar seu coração, conhecer seus segredos, seu interior, seus beijos e abraços, o que sentiria essa garota?

- Entendi, vou te dizer tudo. Você é inteligente, pensa bastante, raciocina, é forte, talvez seja uma garota que queira fazer uma revolução. Essas coisas combinam comigo. Você é uma dama, uma menina incrivelmente linda, isso me encanta. Sua educação, simpatia, seu carisma, isso me fascina. Você é uma excelente garota. Você gostou de ir na igreja, combina comigo. Aliás, as pessoas para terem um relacionamento, precisam frequentar os mesmos ambientes. Mas acabamos de nos conhecer. O amor é mais que uma emoção que possamos sentir, então dificilmente acontece de um dia para o outro.

- Você acha que estou sendo precipitada? Diga a verdade.

- Está bem. Você é inteligente e sabe lidar com a verdade. Você está sim sendo precipitada, mas eu entendo seu anseio.

- É mesmo. É que você é totalmente diferente. Nunca vi alguém como você. E também não devo ser a única a ficar eufórica.

- Você começou a ver o universo do amor, foi isso que te encantou, porque ele encanta as pessoas. Você viu meu jeito, mas tudo isso é apenas um pontinho. Eu sou uma estrela no céu do amor. Foque no céu e você verá outras bilhões de estrelas, talvez alguma outra te encante ainda mais que eu.

- Tá, verdade. Estou mesmo atropelando os passos, estou parecendo uma desesperada.

- Mas não é.

- Pior que não mesmo. Foi seu jeito diferente e suas palavras que me enlouqueceram. Jamais faria isso por outro garoto.

- Claro, acredito. Você não tem nada a ver com uma desesperada. Você é segura de si mesma.

- Fui enfeitiçada.

- Sim. Mas o que te enfeitiçou não foi eu, foi a grandeza do amor.

- Talvez.

- Talvez não, foi o amor. Mas como foi eu que te disse essas coisas, eu estou na sua cabeça nesse momento.

- Pode ser.

- Paola, o que eu daria para minha namorada, para minha noiva quando eu casasse, é o que toda garota merece e que todo cara devia dar a sua noiva.

- Mas acho que nenhum outro se doaria tanto a um amor.

- O homem devia deixar de ser menos orgulhoso. Não importa o tamanho da ferramenta, a largura do danado, conta bancária, status, poder ou bens. Não são essas coisas que importa. O que importa é o homem levar a mulher ao universo do amor com toda a sua felicidade e magia. É tira-la da realidade e faze-la viver esse universo que não é físico. Também não viver uma mentira, um mundo de ilusão, como muitos fazem. É tirar uma mulher do mundo real com suas dores e leva-la ao mundo de amor. O homem não pode mudar o mundo, mas se ele mudar o mundo de sua mulher, já fez muito.

- E como um homem muda o mundo de uma mulher?

- É simples. É faze-la feliz. É compreende-la, fazer uma surpresa quando ela não está esperando e não digo viver melado todos os dias naquela melancolia. São as emoções, os sentimentos da mulher cuidados com carinho. E fazer isso com sinceridade e verdade, se não se torna um mundo de ilusões para ela.

- Faz sentido. Mas ela vai estar no mundo real?

- As pessoas continuam vivendo no mundo real. Essa história de mundo é no sentindo figurado. Mas mesmo em meio aos problemas, é viver feliz em paz e harmonia. É sorrir mesmo na dor. Você viverá no mundo real, mas o seu interior, emoções e sentimentos estarão no paraíso.

- Entendi.

- Agora, quanto a mulher, cabe a ela aceitar ou não esse homem e o mundo que ele está propondo.

- E como ela deve avaliar se aceita ou não?

- Existe algumas mulheres se sujeitando a um homem e seu mundo, mas que não deviam. Pois esse homem é mal, agressivo, violento, criminoso e propõe um mundo de sofrimento. Nesse caso, a mulher deve rejeitar esse homem e seu mundo o quanto antes. Mas existem algumas rejeitando homens e seus mundos, mas homens honrados e que propõe um mundo de carinho. Muito deles precisam melhorar, mas se a mulher for sábia, ela aperfeiçoa esse homem e seu mundo.

- Que sabedoria.

- Mas é simples, né?

- É sim.

- Alguma dúvida?

- Não poderia ser a mulher trazer o homem para o mundo dela?

- Uma pergunta muito interessante. Mas outra vez eu não teria resposta para você agora. O que penso é, não tem nada a ver com machismo e sim com cavalheirismo. Acho que o mais natural é o homem levar a mulher ao seu mundo. O homem é cavalheiro e a mulher é dama. Isso é uma definição natural, tem nada a ver com machismo e feminismo.

- Você é inteligente. Posso te fazer uma pergunta polêmica?

- Sim.

- Sabe, é que fiquei curiosa para ver o que você falaria, já que é inteligente. O que acha do machismo e do feminismo?

- Para mim é muito simples e não existe nem um pouquinho dessa complexidade que todos falam. As duas coisas são perda de tempo. Está errado o machismo se sentir superior a mulher e está errado o feminismo achar que tem que mandar no homem. Todo ser humano tem seu valor e suas peculiaridades. As pessoas vivem atrás de poder, aliás esse desejo é um peso que dificulta viver o amor. É simples, não precisa toda essa confusão. Apenas existe algo natural, dama e cavalheiro.

- Mas o feminismo não seria exatamente mandar em homem.

- Não seria na teoria, mas na prática acaba terminando nisso. Machistas se sentem no poder e machucam mulheres. Então elas desejam conquistar o poder delas para não mais se machucarem.

- Uma defesa?

- Sim. Muitas não é nem por mal, é porque viveram ou presenciaram uma dor. Então buscam no feminismo um poder e liberdade de se expressarem e se defenderem.

- O que acha do empoderamento feminino?

- Isso eu acho extraordinário. As mulheres são livres e não se limitam ao não pode, e sim a capacidade e sabedoria de fazer a diferença. E essa liberdade é para todos.

- Nossa! Que legal.

- Eu muito apoio a luta das mulheres pelos seus direitos. Elas não devem ser abusadas por homens. Para mim, os homens não são superiores as mulheres e as mulheres também não precisam de poder. Aliás, ninguém precisa. O que uma mulher precisa é de carinho, amor, atenção e compreensão.

- Sua opinião é interessante. E o que acha de mulheres poderosas?

- Quanto ao poder, ele é natural e o melhor é ficar nas mãos de quem tem humildade e capacidade. Essa autoridade ninguém devia buscar, apenas ser concedido naturalmente pelo Criador.

- Na sua visão só existe amor, ninguém precisa de poder sobre alguém, autoridade e imposições?

- Dentro do universo do amor não existe vaidade. Não existe orgulho, supremacia, soberba. O amor é humilde.

Ela riu e disse:

- Que palavras lindas e simples.

- Isso é tudo o que o ser humano precisa, amor.

- Ah, mas tem algumas pessoas que são tão envolvidas com poder ou posição que elas se sentem tão bem com isso. Acho que certas pessoas não precisam desse universo do amor!

- Engano seu. Todos precisam. A garota mais linda que tem milhares e milhões a elogiando e a querendo, tem uma carência dentro dela. O homem mais cheio de dinheiro e poder que seja, tem uma carência dentro dele. Todo ser humano tem uma carência, na verdade essa carência é um espaço para ser preenchido no interior.

- Ninguém escapa dessa necessidade?

- Até mesmo, os mais espiritualistas. Padre, feira, reverendo, missionário, seja quem for, não tenho dúvida alguma. O ser humano não foi feito para ficar só. Todos têm a necessidade de ter alguém para chamar de seu e saber que aquela pessoa te ama de todo coração e te quer com todas as forças. Isso é natural, não tem jeito. Quando Adão no Éden percebeu que todo ser vivente tinha sua fêmea e ele não, ele percebeu sua solidão. Isso é natural.

- E alguém que tenha alguma vocação divina?

- O que eu disse foi dentro do natural. Se Deus chamar alguém, ele coloca a pessoa no sobrenatural. Sobrenatural pertence à Deus e não cabe minha opinião.

- Perguntas que muitos dariam respostas polêmicas, você responde com sabedoria.

- A sabedoria está aí para isso, basta o ser humano buscar.

- Entendi. Mas tem pessoas que parecem não se importar com relacionamento?

- Parece! Mas parecer é uma coisa. O que pode acontecer com algumas pessoas: podem estarem ocupadas, machucadas ou se sentindo com baixa autoestima. Mas todos se completam com alguém.

A noite veio, Paola e Davi depois de muita conversa foram embora.

O piquenique entre amigos

Passou dois meses e Davi já estava bem adaptado à cidade. Já conhecia muitos lugares, sua vida já estava no ritmo de cidade grande. Ele começou a frequentar o encontro de jovens na igreja que foi com Paola e ela também. Além de Jéssica, Patrícia, Paola e Amanda, agora já tinha feito mais amizade. Seu círculo de amigos já estava amplo.

Havia quatro garotas que ele conheceu na cidade: Rebeca, Debora, Gabriele e Letícia. Também conheceu a galera do encontro. Ele era gentil e receptivo com todo mundo e suas palavras bonitas encantava as garotas.

Era um Sábado de calor, Davi foi fazer um piquenique pela manhã com alguns amigos no parque que frequentava com Paola. Eles passaram o dia todo no parque. Andaram de bonde, pedalinho e fizeram mais um monte de coisas.

Eles combinaram de se encontrar na entrada. Cada um levaria alguma coisa de comer. Davi chegou com Gabriele e Letícia e encontrou Jean que tinha chegado a uns dez minutos. Depois de uns cinco minutos chegou Rebeca e Débora. Por fim, já atrasadas chegaram Érika, Joice e Talita.

Eles foram para dentro do parque e fizeram piquenique por uma hora e meia em um gramado debaixo de algumas árvores e depois andaram de bonde. Quando era quase meio dia, hora de pensar no almoço, o grupo se dividiu em algumas partes, cada uma sentada num banco diferente dos muitos que tinha no parque debaixo de árvores. Eles ficaram ali alguns minutos conversando. Davi estava num banco sentado com Gabriele e Letícia.

- Meninas, estão gostando do passeio?

- Sim. – Respondeu elas.

- Gostaram da galera do encontro?

- De boa. Eles são legais também.

- Vamos hoje no encontro?

Gabriele e Letícia se olharam e uma disse a outra:

- E aí, vamos?

Elas praticamente todos os fins de semanas iam juntas para a balada. Naquele Sábado, decidiram ir com Davi no encontro de jovens, já que estavam gostando das novas amizades.

Começaram a falar sobre namoro:

- Meus três ex, até que eram legais, mas nunca me deram valor. – Disse Letícia com um olhar triste.

- Amiga, já comigo foi um tanto diferente, nem eram legais e nem me deram valor. Só aproveitaram de mim.

- Oh dó. – As duas caíram na risada.

As duas eram garotas lindas de verdade. Gabriele era morena, tinha um cabelo bem preto e liso escorrido. Era linda de rosto, tinha um corpo bonito, peito e bunda grande, uma morena muito gata. Letícia era clara, tinha cabelo loiro, era um pouco mais alta que Gabriele. Ela era magra, tinha um corpo definido, cintura fina, rosto bonito, olhos verdes e cabelos não muito liso.

Letícia era bem-educada, carismática, menina gente boa. Era mais calma e serena. Já Gabriele era mais explosiva, mais escandalosa e mais agitada. As duas eram muito sorridentes e comunicativas, na fase que viviam, eram as melhores amigas.

- O Davi deve estar pensando, que meninas tortas. – Elas riram.

- Na verdade, estou pensando diferente.

- Sério? – Disse Gabriele.

- É sério.

- Você não está pensando: "vou levar essas meninas na igreja para expulsar o mal"?

- Não. Penso diferente.

- Como ele é gentil. – Disse Letícia enquanto elas riam.

- Será bom se vocês irem, vão ouvir palavras sábias. Será muito legal.

- Vão expulsar a gente. – Disse Gabriele brincando.

- Jamais. Lá serão bem recebidas. Eu gosto de vocês, e se fossem expulsas de um lugar que eu estivesse, eu iria junto.

- Oh meu Deus. – Disse elas sorrindo.

- É sério, gosto mesmo de vocês. Apesar das desilusões, vocês são sorridentes, ri por tudo o tempo todo. Isso é bom, a alegria de vocês deixa o ambiente mais leve. Os ex que perderam vocês, não sabem o que perderam.

- Você gosta de todo mundo, você é um anjo. – Respondeu Letícia.

- É, acho que gosto de todos. Mas cada pessoa é única. Eu gosto da particularidade de cada pessoa.

- O que você gosta em mim? – Perguntou Gabriele.

- Além da alegria né. Não sei se você notou, mas você tem um carisma grande. Você apesar de ser depressiva as vezes .... – Gabriele interrompeu sorrindo:

- Eu sou depressiva.

Os três riram.

- Às vezes você é.

- Só as vezes, então está bom.

- Apesar disso, você é muito alegre, muito sorridente... – Letícia dispara:

- Escandalosa, barulhenta, desastrada... – Risos.

- Existem em você uma simpatia que impacta as pessoas e uma enorme alegria, mas seu mundo está consumindo essa alegria. Meu medo, é se ela acabar.

- Nossa amigo, nem me fala.

- Você precisa viver um mundo diferente.

- Preciso sossegar né, deixar a balada.

- É, essas coisas fazem parte do processo. Não que balada seja ruim.

- Tenho que juntar os panos com alguém. Mas está difícil.... – Disse Gabriele num tom de desanimo misturado com risos das duas.

- Você precisa entrar na esfera do amor.

- Quem me dera, acho que o amor me chutou. Ele falou: " vaza, você é bagunceira".

As duas riram.

- Não querida, o amor jamais faz isso. São as pessoas que saem da esfera do amor.

- Será que eu abandonei o amor? Oh meu Deus! Devo ter deixado o amor da minha vida ir embora.

- Sim de uma forma que não percebesse, você deve ter deixado escapar o amor e não uma pessoa.

- Onde será que eu errei?

- Você precisa entender que a vida que você leva não te faz bem.

- Que vida eu iria levar gato? – Risos.

- Uma vida de amor. – As duas riram.

- Mas eu já tentei muitas vezes meu anjo. Ninguém dá valor em mais ninguém. O mundo está desandado. É só bagunça mesmo.

- Está mesmo.

- Você é o único garoto fofo que eu conheço. Então faz as contas, quantos existem no mundo? – Eles deram risada.

- Está vendo a situação. Os poucos que tem são muito disputados. Como meninas bagunceiras igual nós iríamos arrumar um mozão desses? Né amiga. – Disse ela rindo e cutucando Letícia.

- É possível vocês serem felizes no amor.

- É que no mundo em que vivemos, só enxergamos sofrência e bagunça. É por isso que tomamos um goró e pegamos uns boys, estamos aproveitando a vida.

- Vocês merecem uma vida de amor.

- Você é fofo, quer agradar a gente. – Disse Letícia.

- Vocês têm valor.

- Uh, que fofo. – Disse Letícia sorrindo.

- Aí eu dou valor hein. – Disse Gabriele.

Jean chegou até eles:

- Gente vamos almoçar, está todo mundo com fome.

- Boa ideia amigo – Disse Gabriele toda animada ao ouvir falar de comida.

- Vamos lá. – Disse Davi.

Eles se juntaram ao restante do grupo e foram a um restaurante que tinha ali por perto.

O Sábado entre amigos estava bem maneiro. Rebeca e Débora, já conheciam a galera do encontro, Gabriele e Letícia estava conhecendo naquele dia. O grupo todo estava aproveitando bastante o dia. Depois do almoço foram a uma sala de jogos no parque que tinha vários tipos de jogos. O grupo se entendia e se davam bem, ficaram ali algum tempo jogando.

Era três horas da tarde, quando a galera se juntou de frente com a lagoa. Eles compraram ingressos e formaram duplas para ir andar de pedalinho. Jean iria com Letícia, Davi com Gabriele, Rebeca com Débora, Érika com Joice e Talita foi sozinha.

Enquanto esperavam chegar a vez, eles conversavam na plataforma de embarque. Não demorou muito, a vez deles chegou. Gabriele dizia a Davi:

- Eu confio em você. Não vai virar esse negócio com a gente, eu não quero morrer hoje.

- Fica tranquila. Comigo você está segura.

- Oh, veja bem viu, veja a riqueza que você vai levar com você.

Todos riram. Jean fez piada:

- Atravessa a lagoa com ela.

- Boa ideia.

- Não Davi, você vai tomar cuidado. Promete?

- Eu e o Jean vamos atravessar o limite. Seremos o primeiro a fazer essa arte.

- Não! – Falou Letícia:

- Vocês nem começa.

- Eu vou jogar água em vocês. – Disse Gabriele dando risada.

Todos colocaram colete, sentaram no pedalinho e passaram o cinto. Pedalaram e foram para o meio da lagoa.

Davi perguntou para Gabriele:

- Está gostando?

- Estou. Bem descolado esse negócio.

- Que bom. Vou até o fim da lagoa.

- Não inventa Davi. Tem um limite ali na frente, não pode passar.

- Mas eu vou passar.

- Eu vou parar de pedalar.

 - Não menina, vai ficar pesado. Pedala aí.

- Então não dá trabalho.

- Você gosta de dar trabalho.

Ela riu:

- Ah, mas assim não vale.

- Vale sim.

- Davi, você é cavalheiro, você não pode.

- Aquelas águas lá na frente, são águas do amor. Eu tenho que te levar lá, quem nadar nela, encontra o amor.

- Nem inventa. Esse negócio vai enroscar naquela corrente que está no limite.

- Vou te levar até lá e te jogar para fora, para você tomar um banho na água do amor.

- É eu que vou te empurrar para fora.

- Pedala aí menina, está ficando pesado esse negócio.

- Está me chamando de gorda?

- Eu não. Se fossemos gordos, isso talvez não aguentasse a gente.

- Ah, cansei meu pé, cansei de pedalar. Será que pode parar um pouco?

- Pode não. Se parar a gente leva multa.

- Que multa?

- Ali os guarda naquele barquinho. Eles multam.

- Para de mentir menino.

- É sério. Dá trabalho não.

- É você que está dando trabalho Davi.

- É brincadeira. Você está gostando?

- Sim. Quero vir de novo.

- Ah não, tem que pegar fila outra vez. Comprar ingresso, esperar chegar a vez, vai demorar muito.

- A gente podia ter comprado mais ingresso.

- Sim. Poderia. Ainda mais com a minha ilustre companhia.

- Que sorte minha. – Disse ela com um sorriso.

- Sorte minha também.

- Hum. Está gostando da minha companhia?

- Sim.

- Você não se cansa de ouvir eu falar besteira?

- Não. Vou te tolerando.

- Ah que gracinha.

Alguns segundos de silêncio e Gabriele falou:

- Eu queria um namorado como você. Assim bem gentil.

- É sério?

- Vontade eu tenho o que falta é sorte.

- Você sabe o quanto você é bonita né?

- Eu sei que sou bonita. Mas os garotos são todos safados. Só querem aquelas coisas, no outro dia nem liga para gente. Quando tem alguém que eu namoro, são uns garotos folgados, quer mandar na minha vida, fica no meu pé cheio de ciúmes, aí eu não aguento. Me estresso e termino. Depois desconto na cachaça.

- Você está fora da esfera do amor. Mas acredite, o amor existe.

- Davi, eu ganho cantada todo dia. A maioria na verdade olha mais para minha bunda, são besteirentos. Quando aparece uns dizendo que me ama, quer me amarrar e isso me sufoca. Outros quando parece serem legais, as vezes são bonitos, mas é foda cara, a maioria não é fiel, eles traem. Eu não sou obrigada a aguentar cifre. Se quer me dar cifre, eu enfio cifre mesmo. Você me entende?

- Totalmente.

Ela riu e elogiou Davi:

- Você é uma gracinha. Você entende a gente cara.

Ele sorriu:

- Eu gosto de dar atenção para as mulheres, verem elas falar de seus sentimentos e emoções.

- Pois é, por isso que eu falo com você. Mas você deve ser o único por aqui. Desculpe te falar, mas homem não presta, exceto você.

Ela riu.

- Eu sei. Não é fácil mesmo. Mas eu acredito que toda garota merece ser feliz e pode sim viver um amor de verdade, saudável e com fidelidade.

- Isso parece mais contos de fada.

- Parece mesmo. Continuaremos vivendo nesse mundo. Mas mesmo assim, é possível viver em um universo de felicidade.

- Mas é bem difícil de acreditar.

- Enquanto você estiver nessa esfera que você vive, será impossível. Quando você entrar na esfera que eu vivo, será possível. Se eu te falar, que para mim é possível eu viver esse conto de fada, você acredita?

- Com certeza.

- Então está explicado. Para mim é possível porque estou na esfera do amor. Não é só porque sou gentil. Se não é possível para você, é porque você está em outra esfera.

Ela olhou para ele e sorriu:

- Obrigada pelas palavras.

- Agora você tem outra ideia sobre o que te disse?

- Sim. Eu agora te entendo melhor.

- Acredite no seu futuro. Depende só de você.

- Mas como viver nessa esfera que você fala?

- Os lugares que você frequenta, as pessoas com quem convive e os assuntos que você conversa. Aquilo que você assiste, escuta e vê. Todas essas coisas determinam suas crenças e atitudes.

- Isso é difícil.

- Nem tanto.

- Os lugares que eu frequento, as pessoas com quem convivo, são totalmente diferentes de você e sua realidade.

- Por isso mesmo. O que você precisa fazer, talvez seja radical. Mas é preciso.

- E o que eu teria que fazer exatamente?

- Muitas coisas. Você precisa entender porque você vive esse seu mundo. O que você viveu que te levou a isso? Você precisa entender isso.

- Acho que basicamente foram os relacionamentos errados. Quando um relacionamento acaba, você precisa esquecer, aí não dá para ficar em casa. O jeito é sair e isso meio que vira um ciclo.

- Termina, vai para balada curtir. Essa vida bagunçada atrai pessoas erradas. Pessoas erradas termina em relacionamento nada sadio. Logo não dá certo, termina e tem que voltar para a balada de novo. E o amor fica tachado como muito complicado ou, não é para mim.

- É bem isso mesmo.

- Todos os caras que forem do mesmo tipo que seus ex, você deve se afastar deles.

- Então tenho que me afastar de todos os garotos.

- Gabriele, talvez o começo seja difícil. Mas com o tempo você vai se encontrando com pessoas melhores e as coisas vão melhorando.

- Tem muitos garotos que conheço que preciso tirar da minha vida, até mesmo amigos.

- Você não vai encontrar seu amor na balada. Pode acontecer com algumas pessoas, mas é muito raro.

- Mas ficar em casa no fim de semana é uma bad.

- Gabriele, você já sabe o que quer para seu futuro? O que quer ser e fazer? Isso é mais importante que relacionamento.

- Nem sei.

- Enquanto você não sabe isso, você não sabe nem mesmo quem você é. Vai ficar trabalhando nos empregos que te aparecem e a vida vai passando. O tempo vai te consumindo, sua energia, sua alegria e sua beleza. Uma hora você já não será mais essa garota exagerada de linda, vão sumir a maior parte dos caras. Não todos, mulher sempre terá alguém que quer.... Bem, dizendo de forma mais popular, te comer.

- Sei.

- Primeiro pense em você e no seu futuro. Vai estudar. Começa ocupando seu tempo e pensamento com coisas úteis. Para você, está sobrando tempo para dilemas. Quando se comprometer com seu futuro, seu tempo será ainda mais precioso, o que te sobrar, você não vai desperdiçar com coisas inúteis.

- Conselhos da mamãe, estudar. – Disse ela rindo.

- Um grande conselho para você construir seu futuro.

Eles se distraíram e foram notificados pelos guardas da operação dos pedalinhos que já havia esgotado o tempo deles. Eles pedalaram até a plataforma para o desembarque. Desceram do pedalinho e se ajuntaram aos demais amigos.

- Não queriam voltar? – Perguntou Letícia.

- Ficamos distraídos, esquecemos do tempo. – Disse Gabriele.

- A gente ficou aqui gritando e acenando e vocês nem perceberam. – Disse Jean.

- Estava bom o pedalinho né? - Cutucou Débora.

Gabriele riu e Davi argumentou:

- A Gabriele gostou da minha companhia, não queria voltar.

Ela riu.

Como encontrar um grande amor

A galera foi embora e se encontraram novamente à noite no encontro de jovens. O dia foi bem divertido. Naquela noite, Gabriele e Letícia foi com Davi conhecer o encontro e elas gostaram. Paola também foi à noite. Naquele Sábado durante o dia, ela não pode ir no parque, porque tinha alguns compromissos.

O encontro aconteceu, foi muito bom, terminou em torno de vente e duas horas e trinta minutos. Eles se juntaram para escolher um lugar para comer. Enquanto conversavam, Davi foi ao banheiro, quando voltou, todos estavam rindo. Davi perguntou:

- Qual a graça?

- Relacionamento. – Disse Paola.

- Quase ninguém quer... – Disse ele com sarcasmo. Talita respondeu:

- Só todo mundo amigo.

- Até você Jean?

- Ah, você sabe né meu querido, estamos aí.

- Ele é confiante demais, só todas querem ele, nem precisa se preocupar. – Disse Guilherme fazendo todos rirem. Jean abraçou Davi:

- Você sabe que eu gosto muito de você né, estamos juntos pai.

- Estamos sim.

Eles pensaram muito, mas foram para a casa de Guilherme mesmo. Passaram numa padaria que ainda estava aberta, compraram pães, queijo, ketchup, suco, mortadela e peito de peru. Essa galera sempre ia fazer uma bagunça na casa de Guilherme, ele era casado. Ele e sua esposa eram bem descolados do tipo que falavam com todo mundo.

Na casa de Guilherme, voltaram ao assunto sobre relacionamento, todos diziam que queriam encontrar o grande amor que Davi dizia acreditar. Guilherme falou:

- Então Davi, o pessoal quer saber como encontrar esse grande amor que você fala que todos podem ter.

Todo mundo riu e acharam engraçado. Davi era filosofo e dizia palavras bonitas. As pessoas gostavam de ouvi-lo. Ele respondeu:

- Primeiro tem que entrar na esfera do amor.

- E depois? – Perguntou Guilherme.

- É preciso entender o propósito de vida e caminhar para seu destino.

Outra vez todos riram. Jean disse:

- Oh meu querido, isso é filosofia demais. Explica melhor isso aí.

- Está bem, vou explicar.

- Vocês solteiros preste atenção. O mestre vai ensinar vocês. – Disse Guilherme e todos riram outra vez.

- Todo mundo tem seu valor. Ninguém nasceu para ser nada e fazer nada. Você precisa entender quais seus talentos, dons, habilidades e paixões. Com a junção disso tudo você vai descobrir seu destino. Seu destino é o que você nasceu para ser e fazer. Ficou claro?

- Vocês entenderam gente? – Perguntou Guilherme.

- Sim, entendemos.

- Próximo passo Davi. – Falou Guilherme.

- Descobrir o propósito de vida. O propósito é o porquê você vai para esse destino. Quando alguém vai viajar, existe um motivo. Pode ser trabalho, passeio, visita familiar ou outro. Propósito é o porquê você vai ser e fazer. Entenderam?

- Sim, entendemos.

- Acho que seus alunos estão pegando a ideia cara. – Disse Guilherme e todos riram.

- Agora que você sabe seu destino e o porquê vai para lá, você inicia a viagem. Por exemplo, alguém que vai ser médico já começa desde cedo a estudar. Depois de cursos, faculdade, pós-graduação, estágios, treinamentos, agora a pessoa está pronta para exercer o ofício. Nesse momento a pessoa chegou no destino. Então o caminho é a preparação e quando estiver pronto, você chegou no destino. Entenderam?

- Sim, com certeza entendemos.

- Agora vem a charada, quando a pessoa entende que ela nasceu para aquilo, entendeu o propósito de vida, imediatamente ela coloca os pés na estrada e vai em busca daquilo que ela quer. A partir desse momento, ela está pronta para viver um grande amor e encontrar uma pessoa que se encaixa na vida dela.

- Vocês entenderam gente? – Perguntou Guilherme fazendo graça:

- Vocês primeiro precisa ir estudar. Não fazem nada, só gastam dinheiro e ainda quer namorar, quer casar. Aprendem com o mestre. Fala mais Davi.

Todos riram das palavras de Guilherme. Davi deu mais uma explicação:

- Alguém encontra uma pessoa que não sabe o que quer da vida, o que vai ser, o que vai fazer. Como esse alguém vai se encantar com a pessoa e dizer, achei o amor da minha vida?

Todos riram e Guilherme aproveitou para apimentar:

- Estão vendo gente. Vocês nem sabe o que quer da vida.

A cada palavra que Guilherme dizia, todo mundo caía na risada, ele falava num tom engraçado. Davi falou mais:

- Gente, agora o mais importante.

- Gente, presta atenção, o cara agora vai falar o mais importante. Anota aí gente para vocês colocarem em prática. – Disse Guilherme acenando com a mão.

- Vocês já ouviram aquela frase, "Deus une propósito e não pessoas"? – Perguntou Davi. Guilherme respondeu:

- Já, eu mesmo já falei isso para esse povo.

- Pois bem, o que acontece é que, o que conecta é propósito e não destino.

- E porquê propósito? – Perguntou Jean.

- Propósito é a essência do ser, é aquilo que você realmente é. Então se torna essência se conectando com essência, é mais profundo que conexão por destinos ou paixões.

- Que legal – Comentou Guilherme. Davi continuou:

- O meu propósito de vida é vender sonhos, fazer pessoas sonharem. No meu trabalho na editora, os livros que publicamos tem um conteúdo que ajuda pessoas a construírem sonhos.

- E como você descobriu o seu? – Perguntou Guilherme.

- Tive que pensar bastante e fazer uma autoanálise, não foi fácil. Mas o propósito está presente na sua vida o tempo todo mesmo sem você perceber. Eu sempre além de sonhar bastante, tentei fazer alguém sonhar. Lembro que quando criança, quando algum amigo gostava de alguma menina, eu ficava incentivando, dando força, encorajando a ir falar com ela.

Todo mundo deu risada. Guilherme falou:

- Você é ninja desde cedo.

- Isso é propósito. Perceba que é natural, é algo que você vive fazendo. Propósito é você, sua essência, seu DNA. Desde cedo eu já estava fazendo alguém sonhar. Meu propósito é vender sonhos. Eu sempre estou tentando motivar alguém, sou eu sendo eu. Por isso a união deve ser por propósito.

- Aí gente, depois de uma aula desses hein, cê é louco!

Todo mundo riu do que disse Guilherme.

- Parabéns cara, você me ajudou muito. – Disse Jean cumprimentando Davi e lhe dando um abraço. A esposa de Guilherme disse:

- Meninas, vocês ficam aí querendo namorar o Davi, presta atenção no que ele disse, quem colocar em prática tem chance de levar o boy para casa.

Elas riram. Já Paola mais que rir, ela olhou Davi com profundidade. Seus olhos brilhavam, seus pensamentos diziam "hoje você me ajudou a entender como te conquistar".

Guilherme perguntou para Davi:

- Mas isso serve para todo mundo, qualquer pessoa pode conseguir isso?

- Com certeza.

Guilherme cutucou algumas garotas:

- Aí meninas, têm jeito para vocês, está vendo. Pode ficar feliz que é sucesso, vocês vão encontrar o Davi de vocês.

Elas riram. Na volta Davi voltou num carro de aplicativo com Gabriele e Letícia porque eles moravam próximos. No carro Gabriele perguntava a Davi se aquilo que ele tinha dito tinha a ver com o que ele disse a ela no pedalinho.

- As duas coisas se complementam. – Respondeu Davi.

- Sei.

- Depois que você saber para onde vai, você deve largar tudo para trás e buscar seu futuro.

- Verdade. Acho que vou sossegar um pouco, fazer uma faculdade, pensar mais em mim. Aí quem sabe quando eu estiver mais intelectual, eu não arrumo um boy.

- Faça isso.

- É amiga, acho que um bom cara não vai mesmo querer umas garotas bagunceiras iguais a gente.

- Meninas, não esqueçam que vocês têm valor. Não precisa ficar se menos prezando. Apenas mude de esfera e vocês vão viver a diferença.

- Pode deixar amigo, vamos fazer isso. – Disse Letícia. Gabriele interrompeu:

- Davi, aquela menina a Paola, você está ficando com ela?

- Ela é minha amiga também. Só que a gente se entende bem. Por enquanto, apenas amizade. Aliás, uma grande amizade.

- Mas você parece dar mais atenção para ela.

- Não sei se dou mais atenção, é que ela entende melhor as coisas que falo.

- Hum. Então de todas as garotas que estavam ali, você escolheria ela?

- Não sei, talvez.

- Você que não seria né amiga, ela além de mais comportada, ela é rica. – Disse Letícia.

- Para amiga, está queimando meu filme. – Respondeu Gabriele. Davi explicou:

- Para o amor, não existe classe social. Não se esqueça que vocês também são especiais e tem seu valor.

- Tá bom amigo. Obrigada!

O carro chegou na casa de Letícia e Gabriele dormiu na casa dela. Depois o carro levou Davi para casa.

Almoço com Paola

No outro dia era domingo e Davi levou Paola para almoçar em casa. Ele mesmo cozinhou, como morava sozinho, teve que aprender muitas coisas. Até que ele estava mandando bem na cozinha, pegou receitas na internet e colocou seu gosto. Gostava de fazer algumas alterações, mexer no tempero, misturar algumas coisas, sua comida era gostosa. Davi também conquistava as garotas pelo paladar.

O relógio na cozinha marcava meio dia. O frango estava assando no forno, o arroz estava no fogo, o macarrão e o feijão também cozinhavam. Um cheiro gostoso invadia toda a casa vindo da cozinha. Nesse momento o interfone toca e Davi sai ao portão, ele estava esperando por Paola:

- Oi.

- Oi querido. Cheguei.

Davi abraçou ela e a beijou no rosto cumprimentando.

- Entra.

Davi abraçou Paola e a levou para dentro de casa. Quando ela entrou, a primeira coisa foi sentir aquele cheiro de comida boa, não tinha como passar despercebido.

- Nossa! Que cheiro.

- Você vai adorar minha comida.

- Sua comida está muito cheirosa.

- Estou aprendendo.

- Você cozinha assim todos os dias?

- Não exatamente todos os dias. Hoje é uma ocasião especial.

- Qual a ocasião especial? – Disse ela com um sorriso sutil.

- Encantar uma garota que chegou da lua.

- Você não cansa de me encantar?

- Não. – Disse ele com um sorriso.

- Vou vir mais vezes comer sua comida.

- Será uma satisfação te receber.

Davi levou Paola até a cozinha. Ele tinha deixado alface em cima da pia de molho numa bacia de plástico com água e desinfetante de verdura. Enquanto ele cozinhava, ela foi a pia fazer a salada. Ela sabia cozinhar um pouco, algumas coisas ela fazia e fez questão de ajudar.

Paola começou a falar sobre o que ele disse no dia anterior:

- O que você disse ontem é bem esclarecedor. Me fez entender coisas simples que nunca eu tinha entendido.

- Você já sabe para que nasceu?

- Não.

- Você é tão inteligente e não sabe?

- Para você ver, eu também não sei.

- O que você ama?

- Além de você? – Disse ela sorrindo. Ele sorriu e respondeu:

- Sim.

- Eu adoro animais, gosto de treinar, vou com frequência para a academia. Eu gosto de debates, ideias, falar, comunicar.

- Você acha que tem talento para quê?

Ela parou, pensou e sorriu:

- Menino! Não sei.

Davi sorriu e disse:

- Você tem talento sim.

- Tenho facilidade de se comunicar. Talvez tenho o dom de pensar se é que existe esse dom.

- Claro que sim. Não se lembra, quantos grandes pensadores o mundo já viu?

- É, existiram alguns.

- Talvez você tenha que comunicar algo, um pensamento, uma ideia, um conceito, uma causa talvez.

- Se eu fosse defender uma causa, seria os animais, mas não sei.

- Seu destino pode ter relação com animais, mas pode ser outra coisa.

- Eu preciso pensar, preciso ver o que quero para minha vida.

- Qual você acha que seria seu propósito.

- Espalhar amor?

- Esse está mais para um propósito universal, algo que seja para todos. Você precisa achar o seu.

Eles terminaram o almoço, colocaram na mesa e foram comer. Paola teceu alguns elogios:

- Hum, está muito bom.

- O que mais você gostou?

- Além do cheiro, adorei esse frango.

- Eu não gosto muito de coisas industrializadas, sou do tipo mais natural, mais saldável.

- Eu também. Eu sou totalmente dedicada a rotina de treinos e a dieta.

- Eu também vou começar a treinar.

- Vamos comigo.

- Onde você treina fica longe para mim.

- Pior que é mesmo. Mas lá você terá minha companhia.

- Sua companhia iria me distrair.

- O que você iria dizer antes, eu te interrompi.

- Eu comprei um tempero que apesar de industrializado é muito gostoso. Eu peguei só um pouco dele e misturei com tempero natural, cebolinha, cominho, essas coisas assim. Por isso o frango está diferente.

- Está mesmo, o frango está muito bom. Tanto o cheiro quanto o sabor.

Depois do almoço, Davi abriu a geladeira e pegou a gelatina que ele fez quando chegou de madrugada. A gelatina era de morango.

- Paola, quando cheguei de madrugada da casa do Gui, eu fiz essa gelatina especialmente por que você viria hoje almoçar.

- Sério? – Disse ela surpresa.

- É de morango, você gosta?

- Sim.

Ele pegou uma tigela e uma colher e deu para ela:

- Espero que você goste.

Ela comeu e adorou:

- Está muito bom.

Davi começou a arrumar a cozinha, Paola bateu o pé que o ajudaria, ele aceitou. Enquanto eles arrumavam a cozinha, Davi perguntou:

- Se fosse na casa de outro cara, você também iria arrumar a cozinha? Fala a verdade.

- Claro que sim. E porque não?

- Não sei. Talvez você estivesse ajudando só porque sou eu.

- Claro que não bebê.

- Gostei.

- De mim?

- Também.

- E do que mais?

- Da sua atitude.

- Sou uma pessoa de atitude?

- Sim. Você é diferente. Chegou e colocou a mão na massa, veio me ajudar, fez a salada, começou a lavar louça.

- Tem que ter atitude né.

- Eu te admiro.

- Mas você admira todas que eu sei.

- Você é esperta.

Ela sorriu:

- Sim.

- Vejo que você é inteligente, você raciocina, pega as informações e processa na sua cabeça e chega a conclusões bem lógicas.

- E o que mais?

- Você fazendo isso, acaba sendo sábia. Você é diferenciada. Nem sei porque você ainda sofreu com o termino com seu ex, como teve dedo pobre por um tempo.

- Eu sei o que foi.

- E o que foi?

- Foi orgulho. Eu fui orgulhosa e meu orgulho me deixou cega. Eu procurei uma coaching um tempo atrás, fiz algumas sessões e aprendi bastante. Eu fui sincera com ela, contei tudo e entendi que meu orgulho estava me destruindo.

- Você deixou o orgulho?

- Sim. Depois disso esqueci meu ex e parei de me envolver com pessoas de baixo nível. Moderei na bebida e a balada.

- Então você mudou bastante?

- Sim. Depois de você e o encontro de jovens, mudei totalmente. Eu vivia falando do amor próprio, mas na verdade eu não tinha superado o ex. Ainda estou no processo de crescimento e me escondo um pouco atrás do amor próprio, mas já melhorei bastante. Nem lembro mais do ex, enxergo a vida com outros olhos.

- Que bom.

- Estar com você está me fazendo bem.

- Continue comigo.

- Ficarei. Ainda que a gente não termine junto.

- Eu não sei do futuro. Não sei se seremos um casal ou apenas amigos.

- Eu te entendo. Mas eu quero sua amizade. Sei que vou ter um futuro e uma pessoa extraordinária.

- Nunca deixe de acreditar.

- Não, jamais.

A viagem de Jéssica

Domingo vinte e duas horas e trinta minutos, o celular de Davi começou a tocar. Ele atendeu, era Jéssica. Ela tinha viajado com a família naquele fim de semana para o interior.

- Alô.

- Oiii. Boa noite amore.

- Boa noite querida.

- Sentiu minha falta?

- Com certeza. Como não sentir.

- Acabei de chegar, pegamos maior trânsito na estrada.

- Me diz, como foi a viagem?

- Adorei! Estava muito bom.

- Que legal.

- Na sexta chegamos bem tarde lá. Dormimos tarde, mas no sábado, acordamos cedo. Fomos na cachoeira, pescamos, foi muito bom. Se você tivesse ido, teria gostado muito.

- Pena que não deu. Mas um dia vai dar certo.

- A comida lá do interior é maior boa.

- Eu te falei. O pessoal do interior cozinha muito bem.

- Estava o maior calor.

- Ah, que bom.

- Verdade. Com o calor deu para aproveitar mais.

- Arrumou namorado?

- Tinha um garoto muito gentil lá, lembrei de você. Ele era bem romântico.

- Você deu atenção para ele?

- Sim, eu conversei bastante com ele.

- Deixou ele apaixonado?

- Acho que sim. Até beijei ele.

- Iludiu o menino.

- Não, eu não iludi ninguém. Aprendi com você. Mas se eu tivesse conhecido ele antes de você, eu não tinha dado bola para ele.

- Porquê?

- Ele era bem simples. Você me ensinou muitas coisas, então olhei ele com outros olhos.

- Você gostou dele?

- Sim. Ele também não é feio. É só dar umas dicas para ele se arrumar, vestir umas roupas mais descoladas.

- Mas isso se ele querer mudar.

- Claro, com certeza. Mas de qualquer maneira, ele mora longe.

- Mas percebo que você está melhor.

- Eu acho que estou superando meu passado. Estou pensando em estudar, seguir meus sonhos.

- Você está no caminho.

- Sábado à noite, fomos na praça, foi onde conheci o garoto. Tinha muita bebida, mas nem bebi muito, acho que foi a primeira vez que eu tive o controle de mim mesma.

- Sério?

- É sério. A viagem estava muito boa. Eu gostei muito.

- Dá para perceber toda sua euforia.

- Voltei bem, deixei meu estresse lá. Também estou animada e mais motivada.

- Isso é bom.

- Seu fim de semana, como foi?

- Foi legal, sábado fomos uma galera lá no parque, aproveitamos bastante.

- E o que fez hoje?

- Convidei a Paola para vir almoçar em casa.

- Aí você fez aquela comida cheirosa?

- Sim.

- Você sabe que ela é a que mais tem expectativas sobre você?

- Sei. Já percebi.

- Você gosta dela?

- Como eu gosto de você.

- Davi, você tem que gostar de alguém. Vai fazer de todas suas amigas?

- Um dia vai acontecer.

- Davi, você tem que escolher uma.

- Um dia eu vou conquistar um coração.

- Ah, sem graça. Estou falando sério. Eu gostei dela, ela é bem legal.

- Você também.

- Eu sou um amor de pessoa.

- Não tenho dúvida. Ainda mais agora depois da viagem.

- Estou renovada.

- Jéssica, não deixe a rotina consumir toda essa energia, esse renovo. Tenha uma rotina diferente, mais saudável, viva melhor.

- Com certeza. Vou evitar pessoas desgastante, quero paz agora.

- Isso é importante.

- Aqueles pensamentos pessimistas que eu tinha sobre o amor, parece ter me deixado. Estou a fim de encontrar um novo namorado. Quero tentar outra vez.

- Que legal, deixou a depressão?

- Sim, deixei.

- Você ainda pensa em mim?

- Pensar eu penso, todos os dias, mas você não quer namorar ninguém, só quer arrumar namoro para os outros.

- Eu sou cupido.

- Cupido? Para de graça. Eu achei que você fosse namorar a Paola, mas pelo jeito também está levando ela só na amizade.

- Vocês todas são minhas amigas.

- Mas você não ama nenhuma.

- Eu amo todas. Tenho muito carinho e respeito por vocês.

- Davi, estou dizendo, sentimento de paixão, amar como um homem que quer uma mulher.

- Você ainda vai ver meu casamento, como noiva ou convidada, mas vai ver.

- Como noiva, nem acredito. Mas ao menos como convidada né. Não vai mudar depois que começar a namorar. Você mesmo disse que eu sou importante para você, a primeira amiga que você teve aqui.

- Verdade! Eu estou brincando. Você é mesmo importante para mim e vai casar primeiro que eu e será minha madrinha de casamento.

- Eu aceito.

- Claro que sim. Jéssica, você é minha amiga. Já estou até vendo, quando começar a namorar, seu namorado não deixar você me ligar mais.

- Claro que não. Namorado não vai mandar na minha vida. Vou continuar sendo sua amiga. Só vou parar de te ligar se você não escolher uma para namorar. Aí é mancada. Não será possível que nenhuma consegue te conquistar?

- Todas vocês me conquistaram.

- Aff, adoro seu humor. Sempre engraçadinho.

- Ué Jéssica, está me chamando de palhaço?

- Aí Davi! Nossa meu, vou desligar.

- Está com sono?

- Estou cansada.

- Vou te ligar de madrugada.

- Você não é doido.

- Claro que sou. Mas tem uma coisa que eu vou fazer.

- O que?

- Vou na sua casa amanhã à noite?

- Sério?

- É sério.

- Eu vou falar para minha mãe.

- Ela que não gosta de mim nenhum pouquinho.

- Haha! Até parece né. Ele te considera como filho. Acho que ela gostou de você até mais que eu.

- Eu que agradeço a amizade de vocês.

- Você é legal e me faz rir.

- Você sabe que não é com todas que eu brinco assim?

- Sei.

- Com você fico à vontade, é como se tivéssemos o mesmo sangue ou as mesmas ideias.

- Verdade. A gente se entende.

O encontro com Patrícia

Patrícia depois que conheceu Davi, começou a mudar. Ela tomou coragem e começou as mudanças que precisava. Ela pensou bastante, se decidiu, foi e cancelou o curso que estava fazendo. Seus pais não gostaram, seu tio disse que ela estava maluca, tinha perdido o juízo e estava fazendo besteira, iria se arrepender mais tarde.

No emprego ela começou a melhorar. Melhorou seu relacionamento com os colegas, sua produtividade e desempenho. A loja no geral, tinha muitos problemas de relacionamento entre as pessoas, Patrícia era só mais uma que não falava com alguns e não se dava bem com outros. Mas ela melhorou bastante, o atendimento aos clientes, a comunicação com a equipe, estava mais disposta, proativa, seu desempenho e interesse tinha mudado.

Ela já não operava mais caixa, se destacou tanto nos últimos dias que foi fazer outras funções. Ela desenvolveu mais intimidade com a liderança e falou dos seus novos objetivos. A gerência da loja decidiu ajuda-la. Para prestigiar o bom desempenho dela, colocaram ela para ser uma auxiliar da loja.

Ela ajudava na arrumação, buscava novas peças no estoque e trazia para a loja. Arrumava vitrine e montava look nos manequins, estava muito ligada ao pessoal do VM. A gerente disse que se ela continuasse se destacando, se tornaria vendedora, mas se seu rendimento caísse, voltaria a operar caixa.

Para ela foi muito interessante a mudança, estava aprendendo bastante. Ela agora ajudava a preparar a loja para o cliente ter a melhor experiência de compra, tinha tudo a ver com seu propósito de vida. A chefe de VM tinha muito conhecimento sobre estilo, imagem pessoal e autoestima. Patrícia estava mais leve, mais solta, a cara amarrada já não era mais tão frequente como antes, ela sorria mais.

Ter cancelado o curso na semana anterior não foi fácil, foi um tanto desgastante e estressante, mas ela teve forças. Naquela semana, estava tendo uma pressão na loja fora do comum. A loja receberia alguns diretores internacionais e as coisas estavam agitadas, muitas sem equilíbrio. Os gerentes não sabiam se colocavam Patrícia de vez no cargo de vendedora ou se voltava ela para o caixa. A questão é que essa visita internacional estava mexendo com os miolos de todos e o emocional estava à flor da pele.

Os gerentes queriam promover Patrícia, mas naquele momento frágil de pressão operacional que estava acontecendo, os deixou desequilibrados. Eles não tinham certeza do que deviam fazer, não tinham segurança e não tinham calma para tomar decisões. Não é que houvesse algo errado na loja ou em Patrícia, mas a pressão que vinha de diretores e superiores era grande. Tudo tinha que estar na mais absoluta perfeição, nada poderia estar fora da ordem, assim até coisas simples se tornavam complicadas.

Patrícia estava sentindo muito toda aquela pressão. Era quarta-feira sua folga e ela estava estressada. Ela vinha vivendo o processo de elevação da autoestima, mas aquele temporal de desespero que acontecia na loja, havia deixado ela para baixo novamente. É que ela ainda não havia superado totalmente seus medos, fraquezas e insegurança.

Davi decidiu encontrá-la a tarde para tomar um suco ou um sorvete e colocar a conversa em dia. Eles marcaram de se encontrarem numa grande praça que tinha na região que moravam. Davi chegou, sentou num banco debaixo de uma sombra gostosa e ficou esperando Patrícia.

A avenida da praça era movimentada naquele momento com muitos veículos circulando. Vans, picapes e caminhão de transporte, toda hora passavam algum. Talvez uma entrega em alguma loja do comércio ou uma encomenda em alguma casa. Sempre passava também um ônibus urbano transportando passageiros. Carros particulares com cada pessoa cuidando de seus afazeres. Davi sentado no banco ficava observando todo o movimento do mundo funcionando normalmente.

Na praça tinha um relógio grande, daquele que mostra horário, data e temperatura. No meio dele, uma placa de propaganda de uma marca famosa. Ele marcava quatorze horas e trinta e quatro graus. O sol estava escaldante, o céu com o azul bem vivo, algumas nuvens baixas pairavam no céu da cidade criando diversas formas. Algumas nuvens mais claras e uma ou outra daquelas bem pretas.

O contraste do sol quente com o azul do céu junto com as nuvens mais claras e mais escura, formava um fenômeno bonito no céu que criava expectativas de chuva, reforçada pelo desejo de um refresco para aquele calor intenso de verão. Na avenida, também passava algumas pessoas andando naquele sol. O dia estava animado e bonito. Em algumas poucas plantas daquela praça, algumas ainda tinha flores lindas e coloridas que restaram da primavera.

Nesse cenário, Davi observava o dia, a natureza, o movimento e as pessoas que passavam na avenida. Observava a liberdade dos pássaros que voavam livremente cheio de vida sobre a praça. Pensava também o que ele poderia tirar de lição de toda a maravilha que sentia e contemplava para apresentar a

Patrícia. Ele já estava a uns trinta minutos observando tudo aquilo. Havia chegado mais cedo de propósito, só para sentir o clima do ambiente.

Enquanto observava o cenário distraído e encantado com coisas simples, Patrícia chegou.

- Oi.

- Oi querida.

Davi se levantou para cumprimentar Patrícia com um abraço e um beijo no rosto.

- Estava distraído?

- Sim. Estava observando o dia.

- Sei.

- Vamos comprar algo para tomar.

- Vamos sim.

Eles caminharam até uma lanchonete e optaram por comprar suco natural. Patrícia comprou de abacaxi e Davi de laranja, ambos com pouco açúcar e bastante gelo. Voltaram até o a praça, sentaram num banco debaixo de uma sombra para conversar enquanto bebiam.

- Meu suco está gostoso. – Disse Davi.

- O meu também. Adoro suco de abacaxi.

- Eu também gosto bastante de abacaxi.

- Natural é bem gostoso mesmo.

- Lembra quando a gente se conheceu? Eu peguei picolé de abacaxi.

- Verdade foi mesmo. Você ainda disse que adorava abacaxi.

- E adoro mesmo.

Davi tentou animar Patrícia:

- Se existisse suco de chocolate, você não escolheria abacaxi.

- Não mesmo. – Respondeu ela com voz de desânimo.

- Que sabores você gosta?

- Abacaxi, laranja também é bom.

- Gosta de caldo de cana?

- Não.

Davi pensou, vou falar de outras coisas, quem sabe outro assunto anima ela.

- Qual sua cor preferida?

- Azul e roxo.

- Eu gosto de azul também.

O desabafo de Patrícia

Houve alguns segundos de silêncio. Patrícia estava meia calada, sua semana estava conturbada. Davi puxou outro assunto:

- Você parece mesmo meio abalada com a situação do seu emprego.

- Estou. Estava indo tudo tão bem. Quando tomei algumas decisões, ao invés de melhorar, piorou. Tipo, como se na hora h desse tudo errado.

- Eu te entendo. Mas vai passar.

- Mas dá um desanimo.

- A vida é bem assim mesmo. Mas do que eu entendi sobre tudo o que me disse, tenho algo bom para te falar.

- Sério? E o que é?

- Bem, você está sentindo muito o momento, apenas isso.

Ela ficou atônica sem entender:

- Não, mas está acontecendo.

- Sim, está acontecendo. Porém pelo mais que seja pesado, não é tudo isso.

Patrícia surtou, seus nervos subiram e ela disparou contra Davi:

- Como não? Acho que você está equivocado, você não está na minha pele. Você não está sentindo o que eu estou sentindo. Você não teve que aguentar uma pressão familiar, pressão no trabalho e até pressão da escola para não cancelar o curso.

- Eu sei disso tudo.

Patrícia pirou e seu estresse veio a tona:

- Você é louco? Garoto, o mundo não é essa fantasia que você imagina na sua cabeça. Você pode sair por aí falando palavras bonitas para as garotas, mas o mundo delas é bem mais difícil do que você imagina. Mulher tem TPM, mulher sofre preconceito, mulher sofre violência, mulher é menosprezada, desvalorizada. Ela precisa ser forte o tempo todo e ainda ser considerada fraca por homens machistas. A gente passa por tanta coisa, tanto absurdo, mulher tem que dar, tem que parir, tem que sentir dor para dar à luz, se você não sente dor, vem um médico gordo insensível e aplica injeção para você sentir dor. Se você grita, ele manda você se controlar. Mas como se controlar? Mulheres são estupradas, violentadas, machucadas, espancadas, tudo de ruim acontece com uma mulher.

Davi ficou meio cabisbaixo apenas ouvindo todo o desabafo de Patrícia. E ela continuou falando, colocou tudo para fora. Depois de uns vinte minutos desabafando, ela começou a chorar, as lágrimas correram no seu rosto. Davi ficou em silêncio deixando ela falar, apenas lamentou não ter um lenço para enxugar suas lágrimas. Depois ela começou a falar sobre beleza:

- Mulher tem que ser bonita, ter bunda grande, tem que ter peito para homem chupar, tem que ter cabelo liso, tem que se maquiar todos os dias, tem que ter muitas roupas. Mulher é muito cobrada, cobram sua beleza, sua atitude, mulher pode fazer nada que já é puta, é vadia, é biscate, é piranha. Já homem pode tudo. Mulher é cobrada na família, na escola, no emprego.

Mulher é sofrida e não é valorizada. Só aquelas que nascem rica ou linda tem sorte, as outras só se ferram.

Patrícia estava revoltada, ela carregava dentro dela um peso, todo seu passado de fracasso, apesar da pouca idade. Tudo o que não dava certo, tudo o que ela vivia e odiava. Toda essa mistura de raiva, decepção, angústia, frustração e ódio fazia dela essa garota de cara amarrada. Davi apenas ouviu Patrícia, todo seu choro e desabafo.

Depois de aproximadamente uma hora e meia desabafando, ela se sentiu mais leve, mais calma e mais relaxada. Todo seu desabafo a fez colocar para fora tudo o que sentia e carregava por um longo tempo. Depois disso tudo ela estava calma e caiu em si, ela refletiu e se tocou que descontou tudo em Davi e se desculpou:

- Davi, me desculpa?

- Pelo o que?

- Eu estava de cabeça cheia e descontei tudo em você.

- Está tudo bem.

- Mas você nunca me fez mal algum, pelo contrário só me fez bem e eu descontei em você todo mal que qualquer outra pessoa tenha me feito. Fui injusta com você.

- Foi nada não. Por mim está tudo bem.

- Está vendo, você é um amor de pessoa. Um garoto calmo, tranquilo, se fosse outro, teria me xingado toda e talvez até me agredido, você ouviu tudo calado sem retrucar. Perdão.

- Está perdoada.

- A vida é mesmo injusta.

- Porque?

- Os maus parecem não serem punidos e os bons parecem sofrerem consequências que não merecem?

- Me dá um exemplo.

- Você. Ouviu tudo calado sem ter culpa de nada.

- Existiu alguém que um dia sofreu tudo calado para que todos tivessem o amor. Ele deixou para nós seu reino e nele há justiça e amor.

- Quem é esse?

- Cristo.

Ela parou, pensou, olhou para ele e respondeu:

- É verdade.

- Para mim foi uma honra ouvir o seu desabafo.

Patrícia se espantou e sem entender nada perguntou:

- Como assim?

Ele pegou nas mãos dela, olhou bem dentro dos olhos dela e disse:

- Eu te ajudei muito. Eu te ajudei a aliviar todo esse peso que você estava carregando.

Ela ficou emocionada e agradeceu:

- Davi, você é um anjo, é bem sensível. Meu desabafo me aliviou mesmo. Me sinto bem melhor.

- Eu estou feliz.

- Feliz por ter sido xingado?

- Patrícia, eu não foquei no seu desabafo e sim no seu alívio. Você estava pesada, não fez por querer, você precisava se livrar daquele peso. O fato de melhorar seu dia me deixa feliz e me fez valer a pena te ouvir calado.

- Poxa, você é incrível.

- Patrícia, tudo isso que fiz por você, tem alguém que fez igual, mas com muito mais intensidade e significado.

- Quem?

- Cristo.

Ela refletiu e comentou:

- É mesmo.

- Você sabe que nele você encontra tudo o que você procura?

- É?

- É sim. Nele há justiça, alivio, verdade, amor e muito mais.

- E como ter tudo isso?

- É simples. Apenas o aceite e terá tudo o que ele tem.

- Você me dizia quando começamos a conversar que tudo o que vivo não é tão pesado assim?

- Eu não me referia a todas as dores da sua vida, apenas a decisão de cancelar o curso e os problemas da loja.

- Mas porque não é tudo isso?

- Vou tentar simplificar. – Ele parou e pensou por alguns instantes e começou a falar:

- O emprego. Está pesado as coisas por lá, mas da forma que pesa para você, não pesa para todos. Você está sofrendo mais porque você já carrega todo o seu passado que te causou dor. Seu problema com autoestima junto com todas essas coisas, deixa o estrago maior. Quando você se fortalecer, levantar sua autoestima, superar suas dores, essas coisas não vão mais te machucar com força como machucam agora.

- Entendi.

- Quanto a pressão da sua família, eles só querem o seu bem, o que dizem é de coração de acordo com o conhecimento que eles têm. O fato deles não te apoiarem, não é por ruindade, porque não querer o seu bem ou não te entender. É que o ser humano ensina ao filho segundo seu entendimento. Além do conhecimento, eles podem ir até onde entendem, além disso, naturalmente não dá.

- Pode ser.

- Quando você começar a ter resultados e eles verem a diferença, vão acreditar em você e te apoiar. Seja firme, não desvie do seu objetivo.

- Têm uma coisa, depois que eu saí do caixa e comecei a trabalhar com os VM na loja, eu aprendi bastante, isso está sendo importante para mim. Se eu fosse promovida, eu iria ganhar mais e facilitaria minha vida.

- Patrícia, vai dar tudo certo. Presta atenção, aconteça o que for, essa semana vai passar, esses diretores internacionais vão embora e tudo volta ao normal. Talvez tudo isso seja ainda melhor para você. Ainda que você volta para o caixa, você vai ser promovida, nem que seja um mês depois. Você precisa apenas passar confiança para sua liderança.

- Eles estavam acreditando em mim, mas essa semana parecem não mais.

- Esse é o momento para você aprender. Tenha postura, passe confiança e dê o seu melhor sorriso. O alto escalão vai passar por você, isso será uma oportunidade, acaso eles gostem de você e te elogie, você vai crescer na empresa. Se eles te perguntar alguma coisa relacionado a carreira, conte seus objetivos, eles vão gostar.

- Tá bom, vou fazer isso.

Patrícia gostou da conversa, esvaziou a cabeça, estava mais calma e foi embora descansar.

A vingança de Rebeca

Davi antes de ir embora, encontrou Rebeca na avenida. Eles ficaram conversando por um tempo. Falaram sobre sábado, ela disse que gostou de ir no parque com ele e seus amigos. No meio da conversa, o telefone dela tocou, era sua amiga falando da festa que iriam mais tarde. Ela acabou contando tudo para Davi.

Rebeca e sua amiga iria à noite em uma festa que aconteceria numa chácara. O ingresso era bem caro, mas a festa era vip. Teria bebida liberada de todo tipo para beber à vontade, música eletrônica e alguns MC s cantando ao vivo. Era uma festa pesada e desejada pelos jovens, mas sua maior motivação era que seu ex que a traiu, estaria lá.

Davi já conhecia a história de Rebeca. Ela tinha muita raiva do ex por causa do que ele fez e não acreditava em mais ninguém. Para ela arrumar outro namorado, seria sofrer outra traição. Desde o termino, ela adorava mesmo ir para festas, beber e bagunçar. Era uma garota especial, tinha bons planos para o futuro, mas foram interrompidos depois da traição.

Isso porque ela se tornou uma pessoa amarga, vivia tendo pensamentos vingativos para tudo. Quando ela escutava qualquer história de maldade, seu comentário era sobre vingança. O ódio estava em seu coração e nos seus olhos. Seus amigos até comentavam que ela só falava em vingança, eles a aconselhavam a limpar o coração, mas ela não dava bola.

O ex de Rebeca, estava paquerando justamente sua amiga, uma menina esbeltamente muito linda, mas não sabia que as duas se conheciam. Ele achou que passaria a noite com ela, mas mal sabia o que estava por vir. Ele era metido e estava bem exibido se achando o gostosão, porque pegaria a garota mais top da festa.

Rebeca estava dominada pela sede de vingança. Ela queria se esvaziar naquela noite de tudo o que carregava desde o termino. Ela acreditava que se vingando dele, ficaria satisfeita e livre daquele peso. O fato de sua amiga ser exageradamente bonita e seu ex ter mordido a isca, deixou Rebeca aloprada.

O plano era que, sua amiga chegaria com ele na festa, mas o trairia com outro. Rebeca chegariam com alguns garotos que o ex dela odiava e era brigado. Eles estariam todos na festa e seria justamente com eles que as duas ficariam, já estava até combinado. Os garotos estavam bem empolgados em ajudar as duas se vingar, ficariam juntos à noite toda se exibindo para o ex. Elas até pretendiam ir com os caras para o motel, talvez gravar vídeos íntimos a fim de enviar para o ex. Tudo só pela sede de vingança que era tanta.

Davi já tinha ouvido dela antes, alguns planos para o futuro. Ela era uma garota gênia que tinha potencial. Na empresa era reconhecida como talentosa, estavam planejando promove-la. Agora ouvindo essas coisas, Davi entendeu por que ela ainda não vivia o sucesso. Ele perguntou para ela:

- Você gostaria de ouvir alguns conselhos?

- Olha.... – Ela expressou desinteresse:

- Você é bem inteligente, o que você falar eu até escuto. Mas talvez você vai perder seu tempo. Entende?

- Sim. Mas se você ao menos me escuta, vou te falar sem qualquer expectativa que você vai dar bola.

Ela fez uma expressão:

- É que, você sabe né.... Você vai me dizer, menina não faz isso, não vai na festa. Mas é que já está tudo decidido.

- É bem isso, está tudo decidido, mas ainda não foi feito, apenas decidido. Enquanto for decisão, é possível voltar atrás. Depois de feito, já estará feito. Será possível reparar erros, mas.... Algumas coisas não mais voltaram, nem tudo tem concerto. O caminho oposto da vingança é mais confortável, menos dolorido e tem melhores resultados. Ainda dá tempo de fazer diferente.

- Entendi. Mas nem vou fazer nada demais.

- Você já pensou bastante?

- Nossa! Muito! – Disse ela num tom de euforia:

- É tudo o que queria a muito tempo. É a oportunidade perfeita. Ficar doidona e fazer aquela praga sofrer? Isso não tem preço. Acho que o ingresso foi até barato apesar de caro. E de saber que o trouxa está caindo direitinho? – Risos:

– Aí meu Deus! Bem feito para ele. Quem manda se achar muito esperto. Ele se acha o garanhão, aquela peste merece sofrer. Eu poderia voltar com ele só para enfiar muito cifre. Mas o plano de hoje já está bom, é perfeito.

- Rebeca, você está perdida. Você acha que sabe o que está fazendo, mas não sabe.

- Eu sei Davi. Você é bem gentil. Mas se preocupa não, eu sei o que estou fazendo.

Davi até tentaria ajuda-la ou fazer o possível para muda-la de ideia, mas não deu tempo. Ela decidiu que iria embora pois tinha que se arrumar para a festa e o tempo estava fechado, uma tempestade iria cair. Davi ainda alertou que uma outra tempestade poderia estar preste a cair na vida dela, mas não foi ouvido, apenas deixou um último conselho:

- Rebeca, já que não tenho tempo para te convencer o contrário ....

- E nem vai conseguir. – Interrompeu ela toda eufórica.

- Tudo bem. Só uma coisa, de tudo o que você vai fazer, só não faça os vídeos.

- Porque não? É a melhor parte. É o que me deixa mais ansiosa para fazer. Mostrar que estou bem, ele não me valorizou, mas saí por cima. Sou bonita e tem quem me quer.

- Você não precisa mostrar nada para ninguém. Se ele pegar esses vídeos, ele vai espalhar para todo mundo. Sua família, amigos, trabalho, as pessoas de onde você mora, vai espalhar na internet e depois para retirar tudo, é quase impossível.

- Se ele fizer isso, a vergonha é para ele, será tachado de corno. Vou gravar falando que estou cifrando ele.

- Vocês não estão mais juntos. E ele vai te tachar de coisas piores: puta, biscate, piranha, cadela, safada.

Rebeca caiu na risada ignorando completamente tudo o que Davi disse:

- Aí querido, se tudo isso fazer ele sofrer, se arrepender do que perdeu e se acabar no banheiro batendo uma.... – Gargalhadas:

- Estou nem aí para o que ele fala de mim. Até você pode ver que eu nem ligo. Hoje em dia isso é normal. Na internet, é só mais um. Todo mundo faz essas coisas.

Ela se despediu de Davi, agradeceu os conselhos e foi viver sua vingança. Bem que Davi tentou, mas não foi possível.

Rebeca e sua amiga foram muito sedentas e se descontrolaram. A festa foi um bafo, teve muita confusão. Brigas de todo tipo, discussões, agressões físicas, muitas pessoas bêbadas e nos quartos, rolava putaria.

Por estar liberado e sem limite, os jovens bebiam descontroladamente. Rebeca e sua amiga entrou na onda e beberam a ponto de fazer coisas sem consciência e que não se lembrariam depois e esse foi o erro cometido na noite. Seu ex quando se viu traído, só não brigou porque estava sozinho contra vários garotos, mas também bebeu muito e ficou louco.

As duas muito bêbadas, começaram a dar trabalho no fim. Elas estavam muito loucas e agitadas, impulsionadas pela vingança e o ódio. Nada era suficiente para elas naquela noite. Os garotos que estavam com elas, eram cinco e todos eles já tinham ficado com elas, as deixaram e foram embora da festa. Estava impossível continuar com duas garotas descontroladas e agressivas. Rebeca e sua amiga continuaram até o fim.

Em alta madrugada, a festa ficou muito tumultuada e várias pessoas foram embora, as que ficaram só deram novidades. Por vários dias depois as histórias de tudo o que aconteceu, era lembrada. Pessoas que não se descontrolaram, gravavam vídeos e mandavam em grupos e para amigos.

Entre as várias garotas doidonas, estava Rebeca e sua amiga. Os vídeos se espalhou, ela viu alguns depois e sentiu desprezo por ela mesma porque até seu ex que estava muito embriago e fora de si ficou com ela. A amiga de Rebeca por ser muito bonita, todos a queriam. Várias garotas com ciúmes delas, ficaram furiosa, porque seus namorados bêbados as tinham traído com elas. Inclusive algumas queriam agredi-las dias depois, mas Rebeca bateu de frente.

As duas acabou se tornando parte daquilo que elas odiavam, traição. Dias depois elas descobriram a gravidez. Não sabiam de quem seria, mas Rebeca temia que o pai fosse seu ex, algo que deixaria ela completamente maluca. Ela não faria o teste de DNA e nem procuraria por ninguém, queria criar sua filha sozinha. Mas viria se espantar no nascimento, ao saber que a criança era a cara de seu ex e era tão notório que todos diziam o mesmo.

Rebeca encontrou Davi dois meses depois. Eles conversaram e ela lembrou que Davi disse "você acha que sabe o que está fazendo, mas não sabe". Rebeca só soube dizer:

- Você tinha razão, eu estava perdida.

- Você estava na esfera da vingança e completamente cega. Agora você tem que ter forças e recomeçar.

Uma conversa com Jean

Passou alguns meses, Davi estava muito ocupado. Ele estava trabalhando num projeto que estava na reta final, passava até quatorze horas por dia empenhado no trabalho que devia entregar na editora.

Ele recebeu Jean em casa numa quinta-feira à tarde. Jean foi levar um livro que pegou emprestado de um primo e Davi se interessou em ler. Antes que Jean devolvesse, ele emprestou a Davi.

Davi fez um café e um lanche para Jean. Eles ficaram conversando durante o café. Jean perguntava se Davi não estava interessado em namorar. Jean falava das muitas garotas que amava Davi:

- Mas você é o desejado das garotas. Todas elas te admiram de uma forma especial, qualquer garota quer te namorar. Você não vai namorar nenhuma delas?

- Não Jean, não sou tudo isso.

- Claro que é pai. Você conquista o coração de todas.

- Você sabe que você também tem as garotas que te ama?

- Mas nem se compara a você.

- Jean, você tem a maior lábia.

- Mas você tem mais. É que você tem uma filosofia ao falar. Você é o mestre do amor. Eu só estou procurando uma namorada, apenas isso.

- Você vai encontrar uma menina bonita. Logo você casa.

- Eu espero.

- Estarei lá.

- Com certeza. Será um convidado especial.

- Opa. Vamos lá casar você.

- Mas você foge do assunto. E você?

- O que tem eu? – Perguntou Davi sorrindo.

- O que tem? Pedir alguma dessas meninas em namoro.

- Elas vão encontrar o amado delas.

- Você é bem chegado da Jéssica.

- Sim. Mas somos apenas amigos.

- E a Paola?

- Amigos também. Mas ela é bem interessante.

- Ela é bonita demais. Irresistível.

Davi sorriu e depois teceu mais elogios:

- Irresistível mesmo. Muito gata, perfeita.

- Você não gosta dela?

- Eu gosto de todas. – Os dois riram.

- Mas eu digo, um sentimento mais profundo.

- Ela me chama bastante a atenção.

- Mas e aí, não rola nada?

- Somos amigos, não temos nada.

- Mas nenhum interesse?

- Ela tem muito, eu tenho também. Mas eu sou muito tranquilo e não tenho pressa.

- As garotas são doidas para saber qual o mistério que você tem.

- Acredito. A Paola gosta de me fazer muitas perguntas.

- Ela fala muito de você. Desde que te conheceu, ela te espera.

- A Paola, como eu, não falta pretendentes. Ela é muito especial e muitos garotos gostam dela.

- Cuidado para não perder e se arrepender depois.

- Eu estou bem.

- Então tudo bem.

- Eu foco muito no trabalho e no futuro. Quero construir uma carreira. E outra coisa, eu quero uma garota calma e que não seja ciumenta.

- Você já disse isso a ela?

- Não.

- Porquê?

- Isso é algo que eu devo observar na pessoa e não falar.

- Mas o que você acha dessas garotas que você conhece?

- Penso que a maioria não se encaixaria com meu propósito de vida.

- E porque você acha isso?

- Jean, veja bem. A maior parte dessas garotas se tivessem a mim como namorado, ficariam completamente bobas. E isso é um problema.

- Me explica isso nego.

- Elas iriam perder a noção do mundo. Ficariam muito ciumenta e desejariam me prender só para elas. Elas pensariam "eu encontrei um príncipe, eu nem merecia e consegui. Minha vida agora é esse anjo, tenho que tomar cuidado, alguém quer roubar ele de mim". Acho que nem o Presidente seria tão bem protegido. Entende?

- Entendi nego. – Respondeu Jean rindo.

- Por toda a vida, vou cumprir meu propósito. Vou vender sonhos, vou falar com mulheres que precisam da orientação e conhecimento que tenho. Eu nasci para isso. Consegue entender?

- Sim, estou entendendo.

- Vou levar isso como carreira, será meu trabalho. Elas não têm estrutura para ter um namorado tão badalado.

- Sei.

- Muitas delas, querem apenas um namorado, coisa que eu não sou. A garota para me namorar, precisa ter uma maturidade.

- Hum, agora estou te entendendo.

- Quando eu for arrumar uma parceira, eu preciso de uma garota que tenha um propósito que se conecte com o meu.

- Você tem razão, essas garotas não iriam dar certo com você.

- Eu tive namoradas na cidade que eu morava, mas elas não tinham propósito que se encaixasse com o meu. A última que namorei, quando comecei a falar de cidade grande, ela surtou de ciúmes.

- Ela pensou: o que, deixar esse galã solto na cidade e eu aqui no interior? De jeito nenhum. – Os dois riram.

- Então Jean, foi bem isso que aconteceu, ela ficou surtada. É que ela não tinha um propósito para se conectar comigo, queria apenas um namorado, coisa que não pude ser.

- Entendi. Por isso agora você não quer namorar qualquer pessoa?

- Sim, exatamente por isso. Já pensou uma ciumenta vendo eu aconselhar uma garota?

- Meu Deus.

- Não aceitaria, com certeza. Por isso preciso de uma garota confiante.

- Mas como que é para você ter esse monte de garota no seu pé?

Davi sorriu.

- Então Jean, com modéstia à parte....

- Ham.

- É que eu já me acostumei com todo assédio. Eu tenho maturidade suficiente para lidar com tudo isso. Levo numa boa, eu até brinco que sou mesmo galã irresistível.

- Eu não aguentava, ficaria doido. Acho que eu iria namorar todo mundo.

- Aguenta. Com o tempo você aprende e acostuma.

- E como foi para você se acostumar?

- Desde de criança eu pegava flor na árvore e entregava para as garotas. Arrumava o topete, sempre fui um menino bonitinho, as garotas se amaravam e davam beijinho no meu rosto.

- Entendi. Isso para você é normal.

- Sim. Se tornou a coisa mais natural do mundo. Veio a primeira namorada. Foi bom, mas não deu certo e terminei. Passou seis meses arrumei outra namorada. Não durou muita coisa, acabou e dei um tempo. Veio a última, mas eu cresci e precisei planejar o meu futuro, foi aí que deu ruim, o ciúme que já existia, virou surto e não teve jeito.

- Então você sempre foi galã?

- É como eu disse, modéstia à parte...

- Sei modéstia à parte, mas é que eu sou galã. – Disse Jean sorrindo. Davi também sorriu:

- É bem isso.

- Com todas você terminou por ciúmes?

- Foi. Todas tinham muito ciúmes e não deu certo.

- Mas vai aparecer uma que dê certo com você.

- Bem que a Paola, tem características interessante.

- Quais por exemplo?

- Por exemplo, beleza exagerada.

- Isso ela tem de sobra.

- A beleza não determina o amor, mas uma garota muito bonita, ela vai ser mais confiante. Por exemplo, arrumo uma garota que não é tão linda assim, se um dia estou conversando com uma outra que seja mais bonita, ela vai ficar insegura.

- Mas uma mulher mesmo não sendo tão linda, ela pode ser segura!

- Com certeza. Só a beleza não significa confiança, minhas ex eram todas lindas, mas zero confiança. Mas acho que a beleza ajuda e a de Paola é um ponto. Ela também é segura, inteligente e amorosa. Acho ela incrível e poderia ser ela, mas no tempo certo.

- Então você tem esperança?

- Quando eu conheci ela, naquele tempo não daria certo. Ela tem crescido bastante. Acho que uma hora pode ser, mas só acho.

- Tomara que um dia vocês terminem junto.

- Jean. Quero te pedir uma coisa.

- O que?

- Guardar segredo de tudo o que falamos aqui.

- Tranquilo nego. Fica entre nós.

- É melhor assim.

Aquele mês agitado de Davi passou. Ele entregou na data certa todo o material em que trabalhava. Já era outono e o inverno se aproximava. Jéssica conheceu por intermédio de Davi suas outras amigas: Paola, Patrícia, Gabriele, Letícia, Débora, Rebeca e alguns amigos do encontro. Essas que eram algumas das amizades que ele fez na cidade.

Era um Sábado à tarde, o calor já tinha ido embora, um friozinho dominava o dia. Aquele frio de outono que te leva ao sol para se aquecer um pouco, mas não é intenso igual o inverno, com vento forte que te faz tremer. Jéssica recebeu em casa Rebeca e Débora. As três estavam à vontade, vestiam roupas confortáveis e quente para ficar em casa.

Jéssica usava um short curto e chinelo, mas vestia um moletom rosa bem grande e grosso com capuz sobre a cabeça. Rebeca usava tênis, calça leging preta, blusa moletom vermelho e cabelo amarrado. Débora usava tênis, calça jeans, blusa de malha manga longa e cabelo solto. Não estavam maquiadas, era apenas uma conversa em casa entre amigas.

No fundo da casa de Jéssica, tinha uma área grande com uma mesa grande de madeira com várias cadeiras. Jéssica conversava com Débora e Rebeca, grávida de alguns meses. Débora era amiga de Rebeca há um bom tempo. Ela estava dando força para a amiga nesse momento conturbado que ela vivia. Elas falavam sobre a gravidez.

Enquanto as três conversavam sentada a mesa, Davi surge de surpresa na porta da cozinha interrompendo a conversa. Ele vestia uma bota preta, calça skinny com barra dobrada na canela, uma camisa preta manga longa de algodão de grife famosa, uma corrente fina de ouro no pescoço, no braço esquerdo um relógio dourado, na orelha esquerda um brinco de ouro bem pequeno, bem estiloso e apresentável como sempre. Jéssica imediatamente bradou sua felicidade:

- Olha quem chegou!

Ela se levantou e foi correndo ao encontro de Davi. Ela o abraçou com um beijo no rosto. Davi também cumprimentou Rebeca e Débora e sentou à mesa para participar da conversa. Ele era muito bem recebido na casa de Jéssica, sua família gostava muito dele. A mãe de Jéssica surge na área e pergunta:

- Vocês querem pão de queijo?

- Opa! Se fizer eu aceito. – Respondeu Davi sorridente e animado. Jéssica comentou:

- É só o Davi chegar em casa que minha mãe começa a fazer coisa boa para comer.

- É que eu sou o preferido dela Jéssica. – Respondeu Davi fazendo todos rirem.

- Ficou com ciúme Jéssica? – Perguntou a mãe dela. Ela respondeu:

- Não! Faz lá que eu também vou adorar comer pão de queijo.

A mãe da Jéssica entrou na cozinha para fazer o café da tarde e os quatro conversavam sobre vários assuntos sentados à mesa. Rebeca acabou entrando no assunto do dia em que engravidou. Ela falava do preço caro do orgulho, ódio e vingança:

- Antes daquele dia as coisas estavam tão mais simples, eu que acabei complicando demais. O Davi, bem que tentou, feito anjo queria me dizer suas palavras bonitas e me mostrar uma visão diferente. Eu não deixei ele falar direito, disse que estava decidida e ele falou que ainda havia tempo para pensar. Mas bati o pé e fui para aquela festa cheia de más intenções.

- Aquele foi o meu dia de ser anjo.

- É bem a cara do Davi ajudar as pessoas. – Comentou Jéssica.

- Eu fui lá na praça e fiquei um bom tempo ajudando a Patrícia e depois apareceu essa doida com cada ideia maluca. Mas não consegui convencer ela.

- A Patrícia também é bem baixo-astral. – Comentou Jéssica.

- Ela melhorou bastante. – Respondeu Davi.

- E você só salvando a mulherada né Davi. – Comentou Débora e Davi sorriu.

- Quando estou na bad, eu ligo para ele. – Comentou Jéssica.

- Se eu tivesse escutado o Davi, teria feito diferente. As coisas estariam mais fáceis agora. – Argumentou Rebeca.

- Não está nada fácil né amiga? – Interrogou Débora.

- Meu mundo mudou totalmente.

- Mas estou com você amiga. – Expressou um amparo Débora.

Rebeca depois daquela festa, acabou complicando sua vida. Ela dizia não se importar se vazasse vídeos íntimos dela, mas foi bem diferente do que ela disse. No trabalho, ela tinha possibilidades de ser promovida, chances destruídas após vídeos dela circularem na empresa. No outro dia ela não foi trabalhar e pela primeira vez faltou no serviço. Depois veio o vídeo revelar o porquê da falta e isso pegou mal. Ela não foi demitida porque tinha boa relação com a liderança, a equipe e era competitiva, uma boa colaboradora.

Beber muito e fazer coisas sem ter noção, deixou alguns prejuízos. O fato de garotos terem traídos suas namoradas com ela, ficou ruim. As namoradas ficaram furiosa com ela fazendo algumas ameaças. Sua família ficou decepcionada, pediu que ela se mudasse e fosse morar sozinha numa outra região onde ela não fosse conhecida. Não dava para ela continuar morando ali porquê o clima estava pesado. Igual aconteceu na vida de sua amiga.

Sua vida ficou agitada com muitas coisas para resolver. Preparar sua mudança, lidar com a fúria de garotas, ameaças, cuidar de uma gravidez inesperada onde ela não sabia quem era o pai e a perca de oportunidades no trabalho. Seus pesadelos pioraram. O fato de ter tido novamente relação com o seu ex naquela festa, deixou ela ainda mais louca.

Mas ela estava superando até bem, isso porque abriu seu coração para o perdão e deixou o ódio, raiva e vingança irem embora. A vingança foi cruel com ela mesma, a deixou cega e assim caiu em seu próprio precipício:

- Deus colocou o Davi no meu caminho horas antes, mas eu estava iludida. Minha amiga é muito linda, parece uma musa, tem um corpo perfeito. Eu me iludi, me senti naquele nível também só porque estava acompanhada dela. Meu ex ficou completamente hipnotizado, tudo aquilo me fez acreditar que eu faria ele sofrer e fazendo isso eu me curava, mas me enganei.

- Eu tentaria te explicar isso, mas você estava bem decidida e convencida da maldade. – Comentou Davi.

- Eu cometi um erro grande: focar na vingança, raiva e ódio. Não desejo que ninguém mais passe por isso. Baguncei minha vida e a da minha amiga. Ela recebeu um mês depois convite para um concurso de miss, mas foi reprovada por estar grávida.

- Nossa, que dó. – Lamentou Jéssica.

- Mulher é mais que tudo isso, não precisamos nos rebaixar a um infeliz que não nos mereça. O melhor é focar na superação, no futuro e novas possibilidades. É como o Davi fala, deixa tudo e vai buscar o amor, voltar no passado para remoer, não compensa. Nós não precisamos e nem merecemos isso.

- Merda, quanto mais mexe, mais fede. – Disse Débora.

- É verdade. Aquela noite matou alguns sonhos meus e da minha amiga. Aquela festa estava muito louca, mas cada um é responsável por seus atos. Ninguém tem culpa por outra pessoa beber demais.

- Nem todo mundo arrumou confusão né. – Argumentou Débora.

- Não. Só os mais chapados mesmo. – Respondeu Rebeca. Jéssica perguntou:

- Quando vocês ficaram bêbadas, por que não voltaram embora?

- Estávamos louconas, queríamos mesmo é aproveitar e provocar meu ex. Pegamos os boys sem perceber.

- Menina, você é louca? – Perguntou Jéssica.

- Sabe o que é, a vingança te deixa cega e fica escondida dentro de você. Quando você chapa, tudo isso vem para fora. E o que foi pior é que a amiga que eu levei, ficou doidona junto comigo, foi como estar sozinha.

- E os garotos, porque não levaram vocês embora? – Perguntou Débora.

- Eles não nos conheciam direito e eram meio malas, não estavam preocupados com a gente. Mas um deles queria nos levar para outro lugar, mas nós não queríamos por causa do meu ex. Minha maior embriaguez foi a vingança.

- É verdade, têm vez que dá vontade de fazer umas loucuras. Com sede de vingança então. – Comentou Jéssica. Rebeca lembrou:

- Mas aquela era a festa, quem vai querer ir embora numa dessa?

- É mesmo, quem abandona um rolê daquele. – Comentou Débora.

- O problema foi beber demais. – Argumentou Jéssica.

- Chapar sozinho numa festa sem ter um amigo para te levar embora, só pode dá ruim. – Comentou Davi. Rebeca disse mais:

- Sei que agora vou ter uma filha e algumas oportunidades se foram. Minha empresa queria me levar para outro país, essa é uma oportunidade incrível que perdi. Sei que com o tempo vou construir meu futuro, mas certas coisas não têm como recuperar.

- E eu te falei, algumas coisas não têm concerto. – Advertiu Davi. Rebeca expressou arrependimento e com uma voz tímida concordou:

- Foi mesmo.

- Mas ergue a cabeça, quando sua filha nascer, você vai afogar seus erros no passado e vai encontrar uma nova energia dentro de você, uma outra motivação. Você vai fazer seu futuro.

Enquanto conversavam, a temperatura caía levemente naquela tarde. Era um dia perfeito para ficar debaixo do cobertor assistindo TV, vendo filmes e séries. Nesse momento um cheiro gostoso e provocativo invadia a área. O pão de queijo no forno estava quase no ponto e cheirava muito, provocando fome em quem era alcançado. Logo veio também o cheiro do café sendo coado. Davi adorava tudo aquilo. O assunto entre os quatro mudaram:

- Eu adoro a mãe da Jéssica, esse cheiro me faz voltar aqui sempre. – Disse Davi. Jéssica retrucou:

- Ah! Engraçadinho. Pensei que viesse aqui me ver.

- Eu vim ver o pão de queijo.... Ops.... Quer dizer, minha melhor amiga. – Disse ele dando um abraço amoroso na amiga.

- Vocês estão vendo né meninas. – Respondeu Jéssica enquanto todos riam.

- Amiga, esse cheiro está muito bom. Toda vez que eu desejar pão de queijo vou vir aqui – Disse Rebeca.

- Coitada! Serão cinco meses fazendo pão de queijo para você. – Respondeu Débora. Jéssica perguntou:

- Pode vir, mas me fala, você está ficando ansiosa, desejando sorvete, chocolate, como está sendo? Eu tenho essa curiosidade.

Todo mundo riu.

- Menina do céu, têm que dia que dá uns desejos loucos em plena madrugada, dá fome e eu vou para a cozinha devorar o que encontro. – Respondeu Rebeca.

Nesse momento a mãe de Jéssica entra na área com duas assadeiras cheia de pão de queijo. Eles estavam bem quentes, vieram diretos do forno. Ela colocou também uma garrafa de café quente que acabara de coar e algumas xícaras. Tudo aquilo era perfeito naquela tarde com um friozinho de outono.

Um discurso de amor

Na noite de Sábado, após o encontro de jovens, uma galera se juntou na casa de Guilherme como sempre. Naquele dia, Davi levou Jéssica, Rebeca e Débora. Paola já estava indo com ele desde que o conheceu. Eles estavam todos conversando sobre muitas coisas. Entre muitos assuntos, começaram a falar sobre o amor.

Eles falavam que o amor era forte e acolhedor. As amigas de Davi que antes estavam frias, depois de conhece-lo entendiam a grandeza do amor. Rebeca reforçou contando sua experiência desagradável. Ela dizia o quanto compensava seguir em direção ao amor, perdoar, se libertar e esquecer todas as dores. Davi falou de sua filosofia:

- A esfera do amor está acima de tudo. Acima de toda dor, desprezo, passado, fraquezas, erros, mentiras e enganos. O amor é leve, sereno e profundo. O amor não está na superfície da terra, dizendo de forma poética e filosófica.

- Palavras bonitas cara. – Elogiou Guilherme enquanto todos ouviam atentamente.

- O amor começa numa camada acima de tudo o que vivemos e entra no universo a fora até chegar no extremo do céu. A grandeza do universo do amor é infinitamente maior, de forma incomparável e inimaginável. Tudo o que vivemos aqui se torna tão pequeno diante da grandeza e força do amor. Não importa o que passamos, apenas é um peso para nos amarrar na superfície da terra. E nela viver toda dor, amargura, tristeza, mentiras e enganos. É uma vida que limita nossa visão e vemos tão somente a desgraça em nossos olhos.

- Grandes palavras. – Teceu elogiando Jean.

- Mas o maior erro está na postura. Esse peso todo fica em nossos ombros e passamos a caminhar cabisbaixo e conformado com a mentira, falta de compromisso e amor. Cabisbaixo olhamos apenas para o chão, as vezes tropicamos e no chão ficamos. Mas quando levantamos, ainda continuamos no chão. E tudo porque estamos olhando para o chão.

- E o que seria esse olhar para o chão? – Perguntou Paola.

- E continuar olhando para tudo de ruim que tem nessa superfície. A mentira, as dores, o passado, a vingança, o ódio, a raiva, a tristeza, o fracasso, a frustação e outras tantas coisas. Enquanto estamos olhando para essas coisas, estamos cabisbaixos e nossa vida não muda.

- Querido, explica como mudar a visão. – Comentou Paola.

- Precisamos mesmo é mudar a postura, levantar a cabeça e olhar para cima. Nós não olhamos para cima e não olhamos porque não mudamos. Tudo isso está ligado. A postura nossa tem sido péssima, continuamos focados na mentira, engano, maldade, vingança e tudo de ruim a nossa volta. A primeira coisa é decidimos mudar e para mudar, é preciso ter postura, posicionamento e decisão. Decidir não olhar mais para essas coisas, deixar de dar bola e ibope para coisas ruins, lagar a fofoca, conversa fiada, mentira, traição. Com isso mudamos a postura. Se nós mudar a postura, conseguiremos olhar para cima, para frente, para a superação, para coisas novas e para o futuro. Para chegar lá o primeiro passo é enxergar e manter o posicionamento.

- Caracas mano! – Perplexo comentou Guilherme.

- O engraçado é que a visão do céu é incomparavelmente maior que a visão do chão ou da superfície que vivemos, mas nunca olhamos para ele. Ele está lá, sempre disponível para nós em qualquer momento. Basta mudarmos nossa postura, olharmos para cima e veremos toda a grandeza.

- Davi, explica também como chegar lá. – Disse Paola.

- Estamos na terra porque estamos presos aqui. Se nos libertamos disso, subiremos para cima. Nós somos como balões com gás hélio que sobe naturalmente para cima. A diferença é que o balão depois de um tempo cai, a gente só caí se colocarmos em nossa vida as coisas da superfície da terra.

- O que nos prende? – Perguntou Jéssica.

- Estamos presos ao orgulho, medo, dor, passado, engano, mentira, maldade, traição, falsidade, nos apegamos a todas essas e tantas outras coisas pesadas. Vícios, prepotência, ignorância, arrogância, vingança, falta de perdão, cegueira, procrastinação, tantas coisas que são pesos em nossas vidas e dificulta nossos dias, nos aprisiona, nos prende, nos limita a tristeza, sofrimento, falta de esperança e expectativas. Todas essas coisas que na maioria das vezes não queremos largar, são pesos que carregamos em nossos ombros, principalmente os erros e culpas. Quando deixarmos tudo o que é peso, ficaremos leves. Quando nos sentimos leves, naturalmente vamos flutuar e subir para cima, porque é natural. Quando entrarmos na órbita do amor, nos encontraremos com a alegria, felicidade, futuro, esperança e expectativas. Nossa realidade muda. Dentro do universo do amor tem tudo o que precisamos, incluindo a pessoa da nossa vida, nosso grande amor.

Todos deram uma salva de palmas para ele. Lindas palavras que traziam conforto e emoção. Ele falava de uma forma que fazia as pessoas abrirem a mente, mudar a visão e olharem para seus sonhos. E ele continuou:

- Gente, nossa maior riqueza é o nosso tempo. Estamos gastando essa riqueza com porcaria, assistindo conteúdos inúteis, conversas fiadas, amizades depravadas, eventos insignificantes, coisas irrelevantes e mais um monte de porcaria. Vamos gastar nosso tempo para desfrutar a esfera do amor, com coisas construtivas que nos dê futuro e aquilo que tenha verdade.

- Está certo cara! – Disse Guilherme.

- Agora o mais importante. - Expressou Davi.

- Preste atenção gente. – Comentou Paola.

- Vou até me ajoelhar para vocês entenderam o tamanho da importância.

Todos riram e ele se ajoelhou no meio de todos com as mãos juntadas como se estivessem implorando:

- Gente. Pelo amor de Deus. Larga tudo, deixa tudo, deixa o passado, o peso, a grade, a prisão, a falta de esperança, a falta de fé e a vida sem sonhos. Larga todos esses pesos da vida, fiquem leves e flutuem para cima. Entre na órbita do amor e vocês conheceram algo extraordinário, uma nova realidade, realizações, alegria e felicidade. Vão para lá, pois lá todos serão muito mais felizes.

Todos o abraçaram, palavras sábias, animadoras e acima de tudo, esclarecedoras. Depois de abraços e agradecimentos, Davi e Paola foram conversar sozinhos na garagem. Era madruga de domingo e fazia frio. Eles ficaram ali não por muito tempo, o suficiente para se tornar especial. O clima lá fora era sereno, calmo e fazia silêncio. Em meio a tanta paz, Paola dizia:

- Suas palavras são construtivas. Desde que te conheci, eu aprendi muito.

- Que bom.

- Eu tenho uma novidade para contar.

- O que?

- É meu destino e meu propósito.

- O que você entendeu?

- Vou estudar coaching em relacionamento e depois vou fazer outros cursos. Vou ajudar pessoas.

Davi se alegrou bastante:

- Poxa, fico muito feliz. Você vai ajudar muitas pessoas e de saber que foi a partir da minha ajuda, me deixa muito feliz.

- É de coração que faço isso. Vou estudar mais e me aperfeiçoar.

- Que bacana! Meus parabéns! – Disse ele abrindo seu abraço. Ele a abraçou fortemente. Ela por sua vez se perdeu em seu abraço. Na medida que estava frio, seu abraço ficava ainda mais gostoso. Os dois ficaram por alguns instantes abraçados olhando o céu até que Davi falou:

- Paola, somos aquelas duas estrelas lá em cima bem juntinhas!

Ela sorriu e sussurrou em seu ouvido:

- Que bom que eu flutuei para o céu. Aqui é meu lugar.

- Nesse céu tem lugar para todos.

- Precisamos convidar mais pessoas da terra.

- É preciso vender sonhos para elas. Elas precisam olhar para cá.

- Elas nos verãos?

- Sim. Verão a nós. Nosso brilho vai encanta-las.

Ela olhou bem nos olhos dele e depois eles se beijaram. Foi um beijo lento e sereno, se sentiam flutuando no universo do amor. Aquele momento Paola jamais esqueceria. Davi teceu elogios:

- A lua me beijou.

Uma moça perdida na noite

Quando Davi foi embora, ele estava com Jéssica, Rebeca e Débora no mesmo carro. Por ser uma madrugada fria, a noite estava calma, ventava um pouco e quase não tinha movimentos nas ruas. O carro seguia em velocidade média. Dentro do carro estava silêncio, todos estavam com sono, exceto o motorista que dirigia atentamente.

O carro passava por uma rua um tanto deserta. Enquanto o carro andava normalmente, de repente um vulto passa na frente do carro. Imediatamente o motorista com rapidez apertou o pedal do freio com força e intensidade. Houve aquele barulho alto do pneu cantando na freada fazendo o carro parar deixando marca da derrapada no asfalto.

Todos levaram um susto, o motorista estava bem atento. Uma moça totalmente desnorteada, atravessou a rua sem se quer perceber o carro. Davi abriu a porta, colocou apenas o pé direito para fora e segurando a porta e o teto do carro, levantou o corpo e perguntou para a moça:

- Está tudo bem?

- Sim. – Disse com voz fraca aquela moça.

O Pessoal dentro do carro ficou meio desconfiado. Numa rua deserta uma mulher atravessa na frente do carro? Podia ser cilada. Com o carro cheio de garotas e Rebeca grávida, Jéssica disse com tom de preocupação:

- Davi, vamos embora.

- É Davi, vamos embora. – Expressou medo Débora. Ela disse mais:

- A Rebeca está gravida. Vamos embora.

Rebeca não era medrosa, só tinha se assustado:

- Estou bem amiga.

O motorista se sentindo responsável, decidiu interver:

- Jovem, vamos embora. A moça está bem. Esse lugar é meio perigoso, pode ser armadilha e não é bom ficar parado aqui. O carro está cheio de garotas, sua amiga está grávida e eu sou o responsável. Entra no carro.

Davi ouviu a todos, olhou bem para a rua, viu o ambiente e olhou novamente para a moça. Ela era alta, estava com uma sandália de salto bem alto. Vestia um vestido vermelho curto, deixando longas pernas bonitas e volumosa a mostra. Estava frio, ela também usava uma jaqueta de couro. Seu cabelo era longo e estava solto. Usava algumas joias e segurava uma bolsa preta na mão.

Toda aquela cena, a freada, ele abrir a porta e falar com ela, seus amigos tecerem comentários, ele olhar tudo em volta, bater o olho dos pés à cabeça lendo todo o perfil daquela moça, enxergando coisas em seu semblante. Isso tudo não durou mais que sessenta a oitenta segundos. Embora fosse apenas um minuto, foi um minuto bem longo. O clima revelava suspense, susto e medo.

Davi em poucos segundos olhando àquela moça e tudo ao seu redor, seu instinto falou mais alto, seu coração pulsava diferente e ele viu outra situação. A moça expressava tristeza, angústia, desilusão, se mostrava perdida, atormentada, devia estar sofrendo muito ou passando por algo desesperador.

Davi não teve medo, teve segurança. Ele sentia uma força maior ao seu lado, estava seguro do que devia fazer, não se sentia sozinho. Em sua percepção, aquele momento esperava dele uma atitude, uma coragem, algo que ele carregava e poderia entregar. Ele terminou de descer do carro e falou aos seus amigos:

- Podem ir embora, eu vou ficar.

Jéssica ficou atormentada e totalmente pasma disse:

- O que? Você está louco? Volta para dentro do carro Davi.

- Davi você é louco, você não conhece esse lugar, aqui é bem perigoso. – Argumentou Débora e Davi respondeu:

- Podem ir. Vou ajudar essa moça.

Suas amigas ficaram loucas e inconformadas. Era loucura aquilo, Davi não poderia estar falando sério. Ele fechou a porta do carro e deu tchau, o motorista arrancou com o carro, enquanto Débora e Jéssica gritavam:

- Para esse carro motorista.

Ele não as ouviu e foi embora. Em seu pensamento, era melhor levar as garotas embora e não arriscar. Jéssica completamente desesperada, abriu o vidro e colocou a cabeça para fora. Com toda a sua força ela estufou o peito e gritou:

- Davi!

Aquilo ecoou longe. A voz de Jéssica ficou no ar da noite parada e fria. Aquilo entrou na cabeça de Davi e durou alguns segundos. O carro não parou e foi embora deixando Jéssica desesperada e aos prantos, enquanto Rebeca a controlava:

- Vai ficar tudo bem amiga.

Davi foi ao encontro daquela moça perdida na noite. Era uma garota de programa muito linda, ela estava toda produzida para o trabalho, mas em seu rosto corriam algumas lágrimas. Ela estava aflita e perdida num conflito interno. Ela carregava toda a sua história de dor, desprezo, abandono, sofrimento e conflitos.

Ela não se assustou, não estranhou, não se espantou e nem teve medo da aproximação de Davi. A coisa mais natural para uma garota de programa, é homem se aproximar dela. Mais natural ainda é fazer o programa, o interesse pelo qual os homens se aproximam.

No entanto ela ficou sem entender o porquê aquele garoto foi ao seu encontro. Sua mente conturbada fazia perguntas e gerava respostas. Quem no meio de uma madrugada fria desce do carro, deixa seus amigos para acompanhar uma prostituta numa rua parada e talvez perigosa? Alguém que queira programa. Será que ele realmente queria isso? Talvez ele fosse louco. Mas Davi era muito bem apresentável com boa aparência, não tinha perfil de cara louco, doido ou malandro.

Será que ele era tarado? No estado que ela estava, ser estuprada seria ter feito um programa e levado calote do cliente. Mas naquele momento dinheiro não tinha a menor relevância. Se fosse algum maníaco que fosse matá-la depois do estrupo? Ela já estava tendo pensamentos suicida, talvez fosse até um favor. Isso tudo passava nos pensamentos dela.

Sua melhor conclusão foi que Davi pediria um programa, apesar que ela não estava nada a fim naquele momento. O que ela mais desejava era pôr um fim em tudo. Mas era longe de Davi, estar procurando por um programa. Ele tinha muitas garotas na sua, incluindo Paola, que era um mulherão de dar inveja e queria algo sério com ele. Davi queria mesmo era conversar com aquela moça.

Ele foi sedento porque sabia que ela estava no auge do seu desespero. Davi queria protagonizar o choque de suas filosofias com a terrível realidade daquela moça.

- Boa noite moça. O que faz aqui?

Ela meio recuada respondeu acuada:

- Vou embora.

- Embora para onde?

- Qualquer lugar.

- Vamos para minha casa? – É o que sua mente imaginou como pergunta. E como resposta automática: "vamos".

Davi percebeu que o qualquer lugar dela mostrava o quanto ela estava perdida. A pergunta que ele realmente fez foi:

- Vai para qualquer lugar quem não tem destino. Porque essa jovem tão linda não tem destino?

Ela não estava embriagada, mas estava sob efeito do desespero. Sua cabeça estava meio zonza, a vista meio embaçada e a noção de distância meio distorcida. Sua mente em alguns momentos agindo no automático e controlando suas ações. Depois do susto com o carro e a abordagem de Davi, esses efeitos foram diminuindo lentamente e ela foi ficando mais consciente. Ela olhou para aquele garoto de rosto bonito, parecendo até um anjo dizendo palavras bonitas. Sua mente ficou meia confusa. De boca meio aberto e queixo meio caído ela falou:

- O que?

- Eu me chamo Davi. Qual o seu nome?

- Samantha.

- Você parece mal. O que te perturba?

- O que você quer?

- Acho que essa pergunta serve mais para você. O que você quer?

- Moço. Eu não sei o que você está fazendo aqui. Não sei quem é você.

Ela estava com tristeza profunda e não demonstrava vontade de conversar. Davi estava ali para ajudar aquela moça, ele entrou com tudo na conversa:

- Moça, também não sei quem é você. Mas sei que você não está bem.

Ela olhou para ele enxugando algumas lágrimas em seu rosto.

- Você está passando por alguma coisa, caso contrário, não estaria aqui essa hora sozinha e desorientada. Você precisa de que?

Ela ficou olhando para aquele garoto bonito com palavras mansas.

- O que você pode me dar?

- Muita coisa. Posso te mostrar o mundo.

Ela deu um leve sorriso sarcástico pensando: "quem esse garoto pensa que é? ". Ela achou que ele era o garoto da vida perfeitinha, tinha tudo, amor, educação, amigos. Algo bem diferente do mundo dela e que queria lhe mostrar um mundinho de jovem em busca de uma namoradinha. Ela fungou, fez uma expressão de não balançando a cabeça e disse:

- Você não parece alguém que conhece o mundo.

Ela viu que Davi não era como muitas pessoas que ela conhecia, gente rodada, experiente, praticantes de crimes, conhecedores de maldades, ele era um garoto jovem e fofo. Ela até achou muita coragem dele estar ali àquela hora.

- Talvez eu não conheço o mundo que você vive, mas também não tenho interesse nele. O meu mundo é encantador e posso mostra-lo a você.

Ela olhou bem para ele e pensou: "deve ser um rostinho bonito e gentil dizendo palavras bonitas para me conquistar ". Ela era bonita e acostumada a receber cantadas. Outra vez ela balançou a cabeça dizendo não:

- Você não sabe o que está falando.

Ela começou a andar lentamente pela rua e Davi a acompanhou. Nesse momento seu telefone tocou, era Paola preocupada:

- Alô.

- Davi.

- Pode falar.

- Você está bem?

Ele calmamente respondeu com muita segurança:

- Estou muito bem.

- O que você está fazendo aí? A Jéssica falou que você desceu sozinho num lugar perigoso. O que está acontecendo?

- Você me entende. Quando alguém precisa de mim, lá eu estou. Está tudo bem, não se preocupe.

Davi falou com tanta convicção e segurança que Paola ficou tranquila. Ela mais que todos seus amigos, o conhecia muito bem e sabia que ele estava mesmo bem. Ele certamente estaria ali fazendo o bem.

- Então tá bom. Quando chegar em casa, você me liga, não vou dormir até você me avisar que chegou bem.

- Pode dormir querida, vai ficar tudo bem.

- Estou orando por você.

- Obrigado, ore pela Samantha também.

- Ok.

- Tchau.

- Beijo.

Ele desligou e guardou o celular no bolso e continuou caminhando ao lado de Samantha.

A história de rejeição

Ela tinha ouvido as pessoas no carro dizer para Davi fechar a porta e ir embora. Que não precisava descer, não era nada, apenas uma louca lá fora. Ela carregava um sentimento de rejeição, como se ela não fosse importante. Ela pensou "Provavelmente as amigas querem que ele vai embora". Ela o aconselhou:

- Seus amigos estão preocupados com você. Você devia ir embora.

- E porquê?

- As pessoas se importam em andar com uma doida perdida na rua.

- Se importam mesmo. Menos eu.

Ela pensou "talvez algum cristão do coração bom quer me dar conselhos". Ela parou, sentou na guia e Davi sentou ao lado. Ela perguntou:

- Era sua namorada?

- Talvez.

- Como assim?

- Ela não é minha namorada, ao menos por enquanto.

- É quase namorada então?

- Sim.

- Você é uma boa pessoa.

- Obrigado. Porque você está aqui essa hora?

- A rua é meu lugar.

- E o que faz a rua ser seu lugar?

- Sou garota de programa.

- Entendi. Mas você oferece seu programa aqui?

- Não! Não.... É aqui não. – Disse ela ascendendo um cigarro.

- Seria onde?

- Porque? Ficou interessado?

- Meu interesse é diferente do que você pensa.

- Qual seu interesse?

- Você.

Ela resmungou um sorriso irônico balançando a cabeça negativamente:

- Você não tem uma quase namorada?

- Tenho. Independente disso eu tenho interesse em você.

- Eu não quero ser amante de ninguém, já basta os homens que traem suas mulheres comigo. – Disse ela com um olhar refletivo sobre seu passado.

- Samantha, você é jovem, linda, esbelta, mas não preciso fazer sexo com você. Não é esse interesse que eu tenho. Meu interesse é na sua pessoa, o seu bem-estar.

Ela pensou "Essa gente de vida perfeita acha que pode vir me criticar e falar de seu mundo perfeito. Nem sabe a minha história. Eu nunca tive oportunidade". Com um sorriso sarcástico balançando a cabeça negativamente:

- Quem você pensa que é?

- Um vendedor de sonhos.

Ela forçou uma expressão de quem não entendeu nada:

- O que?

- Sou o galã que vende sonhos.

Ela olhou para ele com cara de deboche e resmungou um sorriso sarcástico:

- Não, você é idiota, só pode.

- Não querida, sou alguém que seu criador colocou no seu caminho para te mostrar a vida.

Ela não acreditou, estava ficando mais confusa, entre algumas lágrimas e balançando a cabeça negativamente com um leve sorriso sarcástico:

- Te colocou na minha vida? Porque? Só porque você tem sua vida perfeitinha? Ele quer o que, me dar lição de moral? Ele quer me julgar? Me enviou você para dizer que estou errada? Não. – Resmungou ela e dando um trago:

- Quero não.

- É tudo o que você quer, uma outra vida. Você não deseja estar aqui perdida.

Ela olhou bem para ele e o achou petulante:

- Garoto, você veio me perturbar? Já não basta tudo o que passo, as pessoas ainda precisam me machucar mais?

- Querida, meu interesse é você.

- Que interesse você tem em mim cara?

- Sua felicidade. Apenas isso.

Ela colocou a mão direita no rosto, entre a bochecha e sobrancelha. A mão esquerda no cotovelo do braço direito que estava sobre seu joelho. Ela ficou refletindo por um tempo. Houve um instante de silêncio. O vento batia trazendo frio.

A rua estava deserta e desde que Davi desceu, não tinha passado nenhum carro. Mas no silêncio da rua surge um carro sedã preto vindo em alta velocidade. O carro foi se aproximando até que quando chegou, parou, abriu a porta e desceu um homem de terno preto do estilo cafetão, uma camisa branca, joias e acessórios. Ele estava irritado, já desceu gritando:

- Samantha!

Ela olhou bem para ele com um olhar de medo. Ele disparou:

- Você sumiu, cadê minha grana?

- Hoje não rendeu, mas toma, pega aqui o que eu tenho.

Ela abriu a bolsa pegou o dinheiro que tinha e entregou a ele. Ele conferiu e resmungou:

- Que miséria Samantha, que miséria, que merda você anda fazendo?

- Eu estou mal.

O homem ficou louco, se voltou a ela e disse:

- Mal Samantha? Você está me tirando? Eu te dei a chance da sua vida. Era para você estar lá agora ganhando dinheiro sua burra. A casa está cheia de homens querendo te foder. Você é puta e está fugindo do programa. Não interessa seu problema, você tem que fazer dinheiro.

O homem se mostrava muito furioso e ganancioso, parecia ser amante de dinheiro.

- Não vê que eu tenho sentimentos? Me dá um tempo. – Resmungou ela e ele surtou:

- Ficou louca Samantha? Onde já se viu puta ter sentimento, vai a merda. Você devia estar trabalhando essa hora. Trabalhando Samantha, aqueles homens têm o dinheiro que eu preciso. E preciso de você lá para arrancar daqueles idiotas.

- Você só pensa em dinheiro, eu não quero mais isso para mim.

Ele ficou louco, voltou para trás e veio em direção a ela. Nesse momento, Davi que estava só olhando, se levantou e entrou na frente. Samantha se levantou e começou a implorar para o homem ir embora. Ele com um olhar furioso:

- Biscate, é isso que você é. Sua puta. – Ele apontava o dedo na cara de Samantha enquanto falava.

Ela gritava e chorava:

- Me deixa! Vai embora!

Davi entrou na frente de novo, o homem valentão perguntou para Davi:

- O que foi? Vai encarar?

- Você já tem seu dinheiro, porque não vai embora?

- Essa miséria? Você chama isso de dinheiro? É porque não sabe o que eu devia lucrar essa noite. Será que eu preciso de outra puta Samantha? Será que você não presta mais nem para dar? Você já está tão arrebentada assim?

- Está aí, boas perguntas para você pensar!

Ele olhou bem dentro dos olhos de Davi. Ele era maior e mais forte, do tipo bem violento. Porém, Davi não demonstrou medo e sim segurança e tudo o que fez foi esconder Samantha por trás dele a protegendo. O homem ficou olhando a cena perplexo, um garoto sem medo e violência o encarou com postura e palavras que mexeram com sua cabeça, a sabedoria de Davi lhe deixou sem respostas e reação. Ele não estava acreditando naquela cena ridícula, balançou a cabeça negativamente e sem palavras entrou no carro e foi embora.

Samantha sentou na guia novamente e desabou chorando. Davi sentou ao seu lado e a abraçou. E ela chorou muito e depois começou a desabafar:

- Porque? Porque o dinheiro? Ninguém tem amor. Ninguém se importa. Porque? Meu Deus, porque.

Ela chorou por mais um tempo e depois questionou sua existência:

- Porque viver? Para que? Eu não quero mais isso. Eu odeio a minha vida. Eu odeio tudo.

Davi perguntou sobre sua história e ela contou tudo o que sempre viveu. Quando criança sofreu abuso e não pode ser criada com a mãe. Ela teve rejeições na família, na adolescência recebeu muito assédio e teve envolvimentos sexuais. Foi expulsa da casa da tia em que morava aos dezesseis anos, pois o marido de sua tia estava atacando ela, mas ela levou a culpa.

Ela sempre foi problemática, nos relacionamentos pessoais com as pessoas, amigos, família, teve problemas de comportamento na escola e por onde passou. A prostituição apareceu como destino de sua vida. Depois de um tempo fazendo programas, foi apresentada ao homem do carro que acabara de encontrar. Trabalhar com ele era uma oportunidade de ganhar muito dinheiro em seu prostibulo. Já ele se interessou por ela ser bonita e poder lhe render bastante dinheiro.

Mas ele era ganancioso, se estivesse ganhando dinheiro, nada mais importava. Mas se levasse prejuízo, era capaz de qualquer coisa por causa de dinheiro. Ela sentia rejeição por parte das pessoas. Muitas dessas rejeições eram reais, mas muitas, eram psicológicas. Ela confessou o desejo de suicídio, estava cansada de viver aquela mesmice sem graça.

- Você tem uma história de vida bem difícil.

Ela enxugou algumas lágrimas e revelou:

- Meu dever era ter ficado a noite toda me prostituindo, esse é o trato, fazer a casa lucrar e assim eu também ganharia muito. Noites de sábados e domingos como hoje, é dia de trabalhar dobrado. A gente ganha muito dinheiro, mas tem que se entregar demais e fazer muitos programas.

- E porque não ficou essa noite?

- Já faz um tempo que não venho tendo vontade de trabalhar. Por muitas vezes tenho saído antes do que devia. Mas hoje eu saí muito cedo. Isso não é bom ao meu cafetão, ele deixa de lucrar. Quando é assim, tenho que abrir mão do meu ganho e entregar tudo. Ele já não tem tanto interesse em mim, mas há muitos clientes que só querem eu, mesmo quando levam outras meninas, me levam junto.

- Você iria para onde?

- Hoje eu estive no auge do meu terror. Minha dor, tristeza, angústia, depressão e sufoco, escancarou o limite. Eu já não aguento mais, já nem me sinto nesse mundo. Só estou aqui, mas não sinto a vida e se eu morrer, não faz diferença.

- Eu entendi. Já percebi o que você está desejando.

- Estou. Eu estou perdida, eu nem vi o carro que você estava se aproximando de mim. Essas coisas já vêm acontecendo com frequência. Já subi em algumas sacadas de prédios, passei por viadutos e parei lá em cima, fiz essas coisas para ver se a coragem vinha. Mas hoje eu senti muito forte minha dor, o desprezo estava sufocando, penso que hoje a coragem me viria.

- Ainda bem que eu te encontrei.

- Se isso me ajuda em alguma coisa, eu não sei. Mas que salvou minha vida ao menos por hoje, não tenho dúvida. Hoje estou sofrendo muito.

Davi entendeu que aquela noite, já tinha feito o que era preciso. Ali naquele momento, a circunstância era diferente. Não era para mostrar estrelas no céu ou dizer filosofias. Primeiro Samantha precisava se sentir amada, porque mais que palavras são as atitudes. Lugares que palavras não alcançam, as atitudes tocam.

Davi a levou para casa e depois foi embora. Quando ele chegou em casa já era em torno de cinco horas da manhã. Mandou mensagem para Paola dizendo que havia chegado. Ela ainda acordada, imediatamente ligou para ele. Davi sabia que Paola o amava, mas não imaginava o tanto. Seu celular tocou:

- Davi?

- Oi.

- Você está bem?

- Sim estou muito bem. Já estou em casa.

- Graça a Deus. Fiquei acordada até agora. De dez em dez minutos eu orava por você.

- Você também orou pela Samantha?

- Claro. Com certeza. Fiz o que você pediu.

- Paola, obrigado por tudo. Agora dorme. Vou precisar de você mais tarde. Aquela moça precisa de ajuda, vou visita-la e preciso de você.

- Sim meu amor. Pode contar comigo.

- Obrigado. Vamos dormir, depois conversamos com mais calma. Beijo.

- Tá bom. Beijo.

Paola levantou os olhos para o alto e agradeceu a Deus e foi dormir. Davi respondeu os amigos que aguardavam aflitos por notícias. Quando foi na tarde daquele Domingo, Davi recebeu Paola em casa. Ele contou tudo para ela e voltou na casa de Samantha com Paola. Ele levou a ela, porque a situação daquela moça era pesada. Ela morava sozinha numa casa de aluguel e os recebeu.

Davi e Paola foram muito amorosos com ela, não a criticaram em momento nenhum em nada. Samantha pode enxergar verdade nos olhos de Paola e Davi e sentiu carinho de verdade, pois tinha uma carência no interior, sentia a falta de amor.

Ela agradeceu a Davi pela noite anterior, por sua coragem, palavras e por ter se importado com ela. Ela revelou se sentir sozinha, humilhada, solitária sem o apoio de ninguém. Ela era muito criticada o tempo todo e não tinha quem lhe desse forças. Se precisasse de algo e pedisse emprestado para alguém, muitas vezes não era atendida e quando era, a criticavam e ficavam em cima cobrando. Sem ajuda, apoio e força, ela seguia perdida na vida.

Muito feliz com a visita, chorando os agradeceu. Eles perguntaram porque ela chorava e aos prantos respondeu:

- Nunca ninguém veio me visitar. Ninguém se importa comigo. Nem amigos e nem família. Faz três anos que moro sozinha nessa casa, nunca ninguém entrou aqui, a não ser alguém que tenha vindo me trazer alguma coisa ou buscar.

Davi e Paola lhe deram um abraço e ela se sentiu amada e mais confortável. Depois perguntou a Paola:

- Foi você que ligou para ele enquanto a gente conversava?

- Sim foi eu. Eu orei por você.

- Muito obrigada. Eu cheguei a dizer a ele que fosse embora, que os amigos estavam preocupados, mas ele não quis me deixar. Ele também falou que você é uma quase namorada.

Paola abriu um satisfatório sorriso e olhando para ele disse com um olhar apaixonado:

- Ele é uma graça.

Davi sorriu. Samantha disse:

- Vocês formam um casal lindo. Ele é fofo mesmo e você merece ele. Aproveita que homens como ele, existem poucos. Eu conheci mais de mil porcarias metidos, arrogantes e ignorantes. Nem queira saber o nível que tem por aí.

- Obrigada. – Agradeceu Paola.

Davi antes da visita, sugeriu que Paola descobrisse o tamanho que Samantha usava. Ele queria presenteá-la depois. Paola observou bastante o corpo dela e na mente decifrou qual seria o tamanho mais provável que ela usaria.

Davi perguntou se Samantha gostaria de deixar a prostituição e viver algo novo. Ela disse que sim e que era livre para tomar as decisões que quisesse. Seu problema era financeiro, emocional, educacional e familiar. E que apesar de ganhar bem, não tinha dinheiro, o que ganhava perdia tudo com vícios, roupas, comida e aluguel. Também não tinha profissão, oportunidade e que seria difícil mudar de vida. Se ela parasse de uma vez, não teria dinheiro e iria para a rua.

A visita durou em torno de duas horas. Samantha disse não ser dominadora da cozinha, mas que gostaria de oferecer um chá ou um café. Davi e Paola aceitaram antes de ir embora. Prometeram voltar e ajuda-la. Davi perguntou se poderia levar mais amigos, ela disse que sim, que amaria receber pessoas em sua casa.

Na Terça-feira, Davi foi no shopping com Paola e compraram alguns presentes para Samantha. Voltaram na casa dela na quarta-feira, eles sabiam que não podiam esperar muito. Quando Samantha viu Davi, Paola e outros amigos em seu portão, ela se emocionou bastante.

O presente deixou ela muito feliz e animada. Ela vivia sozinha, mas agora estava recebendo várias pessoas em sua casa e todas passando forças para ela. A galera decidiu levar algo de comer, para assim todos fazer um momento de amigos junto com ela. Ela gostou muito de todas aquelas surpresas. Na hora de ir embora, ela disse a Davi que naquele momento ela estava se sentindo bem, sonhando e acreditando numa vida cheia de amor.

Paola conseguiu algumas consultas de coaching para Samantha. Ela que estava entrando no ramo, fez amizade com algumas profissionais. Ela conseguiu algumas grátis e outras ela mesma pagou para Samantha. Após algumas seções mais as novas amizades, Samantha se sentiu amada, mais leve e conseguiu deixar a prostituição.

Com ajuda dos novos amigos, ela arrumou um novo emprego e começou a viver uma nova vida. Agora que ela estava bem e com um sorriso no rosto, Davi falou um pouco de sua filosofia. Ela achou bastante interessante e disse acreditar. Samantha até traçou alguns planos para o futuro.

Samantha também começou a ir nos encontros de jovens e estava gostando bastante. Seus sábados em tempos passados, era entediante e depressivo. Era quando mais tinha que trabalhar. Agora, ela ia nos encontros e depois saía com os amigos para conversar, dar risada e comer. Ela contava algumas experiências para os novos amigos.

Ela contou que quando entrou na prostituição, não se importava com o serviço, fazer sexo era bom e ainda ganhava dinheiro. Mas com o tempo, foi sentindo falta de ter um amor verdadeiro, um namorado, carinho, família e amigos. E todo o seu passado alimentava sua depressão até chegar o dia que extrapolou os limites e ela encontrou Davi.

Num desses sábados, foi bem especial. Ela convidou o pessoal para ir para sua casa após o encontro, ela queria dar uma festa para agradecer os amigos, principalmente a Davi e Paola, que foram muito importantes para ela.

Davi ficou muito contente com tudo e depois agradeceu a Paola pessoalmente pela ajuda dela:

- Paola, obrigado pela sua ajuda. Eu ajudei algumas pessoas, mas dessa vez precisei de você.

- Eu sempre estarei ao seu lado.

- Para mim, você é mais importante do que imagina.

Paola sorriu.

Revelações de Davi

Paola estava feliz em ajudar Davi, ela também se encontrou na missão e ele percebeu que Paola era mesmo incrível. Ele também deu uma festa na sua casa naquele domingo e convidou todos os seus amigos. Todos estavam lá, os amigos do encontro, as garotas que conheceu na cidade, incluindo Patrícia, que trabalhava aos finais de semana e não tinha muito tempo.

Patrícia não podia faltar a essa festa, ela tinha mudado muito sua vida depois da amizade com Davi, por sorte nesse dia era sua folga. Ela passou pelo turbilhão nas visitas internacionais e saiu por cima, foi mais que promovida, sua empresa lhe ajudou a estudar consultoria de estilo. Sua vida estava mudando bastante.

Davi convidou Jéssica e Débora no dia anterior, para ajudá-lo a preparar a casa para a festa no Domingo. Quando os amigos chegaram, a casa estava bonita e arrumada. A festa começou e todos conversavam felizes. No meio da festa, Davi quis fazer um discurso de agradecimento. Todos se ajuntaram para deixa-lo falar.

- Bem amigos, agradeço a presença de cada um de vocês. Fico muito feliz porque todas as pessoas que conheci fora do encontro estão aqui e aqueles que mais são chegados a mim no encontro, também estão aqui. Obrigado pela presença de cada um de vocês. Obrigado por eu ter compartilhado com vocês meus aprendizados e ter ajudado a cada um de vocês. Obrigado pela amizade e companhia, acredito que a gente sem pessoas ao nosso lado, somos solitários e tristes. Hoje eu tenho um grande segredo para contar.

Todos riram e fizeram piada: "Vai mudar para a lua? Vai pedir alguém em casamento? Vai nos dizer que você é uma estrelinha? ". Em meio a risos, Guilherme bradou:

- Silêncio gente, deixa ele falar.

Davi continuou:

- Foi difícil manter esse segredo, mas foi preciso, era melhor assim. Eu sou um pouco mais do que vocês conhecem. Meu trabalho na editora, nunca dei detalhes para não deixar pistas. Eu vim para essa cidade para aprender, me desenvolver, crescer e consolidar minha carreira. Eu sou um artista....

Todos riram e deram uma salva de palmas, ele sorriu e disse:

- Calma gente, ainda não contei. – Ele continuou:

- Eu sou um autor, eu escrevo livros, é isso que entrego na editora. No mês que estive corrido e sem tempo, foi por causa da entrega do livro. Já está tudo pronto e será lançado essa semana.

Todos ficaram de boca aberta:

- Uau, é sério? – Perguntou Guilherme pasmo. Jéssica perguntou:

- Como você nunca me contou? – Ela estava de boca aberta sem acreditar e Paola olhou para Jéssica e disse o mesmo:

- Eu digo o mesmo, como assim me escondeu tudo isso?

Davi continuou a explicar:

- Eu precisava de concentração, assim era mais fácil. Por isso trabalho em casa mesmo, passo o dia escrevendo. Quando vou a biblioteca, é para estudar e aprender. Preciso de conhecimento para escrever minhas obras. Eu ainda vou estudar mais, quero evoluir bastante.

As pessoas se preparavam para dizer parabéns e ele deixou todos surpresos novamente:

- Tem mais novidade.

Todos riram e ele disse:

- Eu já ganhei uma grana que me possibilitou vir para cá construir minha carreira, eu escrevi algumas músicas.

Todos riram:

- É sério? Esse negócio está ficando bom. – Comentou Guilherme.

- Hoje ele tirou o dia para revelar seus mistérios. – Disse Jéssica eufórica.

Davi continuou o discurso:

- Eu fiz parceria com alguns compositores, eu mandei a letra e eles colocaram melodia e vendemos as liberações para alguns artistas que gravaram. A gente ganhou uma grana e isso me ajudou começar minha carreira.

Davi disse o nome das dez músicas que foram lançadas e escritas por ele. Três era de muito sucesso que todo o país conhecia. Outras três eram bem famosas, mas nem tanto e mais quatro que também foram bem tocadas. Todos ficaram pasmos:

- Cara, você é fera. Quantas surpresas. – Comentou Guilherme.

- Mas você canta? – Perguntou Jean.

- Não. Com meu talento também consegui escrever letras e como tenho letras boas, consegui fazer parceria com outros compositores. Eu escrevo só a letra mesmo. Melodia eles que fizeram.

Enquanto todos davam parabéns a Davi e desejavam sorte, ele continuou:

- Têm mais gente, tenho mais coisas para dizer.

Todos riram e diziam: "Também o cara fez mistérios uma vida toda, agora um dia só é pouco para revelar tudo". Davi continuou:

- Vai ter um evento da editora essa semana em que o livro será apresentado. Eu convido todos vocês para irem comigo.

Todos gostaram e muitos confirmaram presença. Jéssica falou:

- Eu vou, não perco por nada!

Davi continuou:

- Têm mais, também terá a noite dos autógrafos, é quando vai começar a venda dos livros.

- Então você vai ficar famoso, vai dar autógrafo. Quer dizer, já é famoso. – Comentou Guilherme.

Depois desse instante, Davi falou:

- Gente.... – Todos riram e disseram:

- Lá vem ele com mais surpresa. – Davi continuou:

- Gente, essa surpresa é especial.

Todos responderam:

- Uhh!

Davi foi e apagou algumas luzes e ascendeu umas luzes de LED na cor azul. Tinha uma mesa enfeitada e bonita, nela ele ascendeu umas velas e colocou um som de piano para tocar, mudou totalmente o ambiente e todos ficaram curiosos:

- O que foi? Vai fazer show para gente?

Ele respondeu:

- Pegadinha! Eu vou fazer um show sim das minhas músicas.

Todos riram e Davi trocou a música e começou a tocar o instrumental do Titanic. Nesse momento, Jean aparece com uma flor muito linda e todos riram:

- Ah não, vai me dizer que o Jean vai se declarar para alguém. – Dizia todos dando risada.

Num momento de encanto, Davi foi até Jean, pegou as flores e foi até Paola e a puxou para o meio. Todos ficaram eufóricos e apreensivos. O coração de Paola nesse momento começou a bater mais forte, ela ficou perplexa e um tanto nervosa. Davi com toda calmaria do mundo, começou a falar:

- Paola.

- Sim. – Disse ela com os olhos brilhando e fixado em Davi. Ele começou a dizer:

- Não vai ter show, porque o show é você!

Todos riram, gritaram e bateram palmas. Davi entregou a flor a Paola e beijou sua mão. Depois começou a se declarar:

- Você é uma pessoa incrível, me ajudou bastante. Eu entendi o tamanho do seu amor, seu carinho, sua compreensão....

Nesse momento Paola ficou emocionada com algumas lágrimas rolando. Nessa altura, todos já estavam gravando com seus celulares, sendo que alguns estavam bem emocionados. E Davi continuou sua declaração:

- Você é amorosa, carinhosa, amiga, parceira e você faz parte da minha vida. Você combina comigo, se encaixa em mim com perfeição. Eu sou apenas uma estrela ao seu lado, enquanto você é lua. Nós juntos brilhamos muito no céu do amor. Eu aprendi a te admirar, te respeitar, tenho crescido com você, conhecido o seu coração, você tocou o meu interior com carinho. Eu te amo. Você já me disse algumas vezes, mas hoje eu não estou para brincadeira.... – Todos bateram palmas e riram e Davi completou com um sorriso:

- Você gostaria de ser minha namorada?

Paola já estava chorando de alegria, emoção e felicidade. Ela mal conseguiu responder:

- Sim! – Disse ela com voz meio rouca e fraca. Logo colocou mais força na voz e reafirmou:

- Sim eu quero. Eu aceito.

Ela se jogou em Davi o abraçando fortemente como o vento. Sua emoção era forte e verdadeira, todos batiam palmas aplaudindo e gritando.

Depois de um forte abraço veio o beijo. Davi beijou Paola com emoção e paixão.

Amor e felicidade

Os amigos vieram um a um dar parabéns a Davi e Paola. Suas amigas que também eram encantadas por ele, ficaram felizes por ele e porque Paola era uma garota extraordinária. Elas entenderam que Paola combinava mais com ele e rolava química de verdade entre os dois. Elas se sentiam gratas por ele, por tudo o que ele já tinha dito a elas. Rebeca foi a primeira:

- Davi, parabéns, você é incrível e merece toda felicidade do mundo. Eu te agradeço por todas tentativas em me ajudar. Seja feliz. - Ela abraçou Davi e se virou a Paola:

- Você é uma pessoa de sorte, você é inteligente e sabe do que eu estou falando. Mas você merece, você é incrível. Parabéns amiga. – Ela deu um abraço carinhoso em Paola que passou a mão em sua barriga e disse:

- Essa garotinha que vai nascer, será como sobrinha para mim. Que ela mude sua vida.

- Obrigada.

Débora também abraçou Paola e Davi e disse algumas palavras:

- Gente vocês combinam, vocês são lindos, por dentro e por fora.

Eles riram e Patrícia chegou e os abraçou e depois agradeceu a Davi por tudo:

- Davi, obrigado. Você é um príncipe, me ajudou muito e eu agradeço todos os dias a Deus por te conhecer.

Para Paola ela disse:

- Eu nunca imaginei ter uma amiga como você, adoro sua amizade, parabéns.

- Obrigada!

Jéssica ficou bem feliz e veio abraçar Davi e Paola. Ela disse:

- Davi, que bom que você decidiu. A Paola combina com você, vai dar certo, não tenho dúvida.

- Obrigado Jéssica.

- Paola.

- Fala.

- Só uma coisa, não deixa ele me esquecer se não vou ficar brava, lá em casa ele é como família. E muitas felicidades para vocês.

- Pode deixar amiga.

Paola deu um abraço bem apertado em Jéssica.

Gabriele chegou fazendo muito barulho porque ela era naturalmente escandalosa. Ela abraçou Paola e depois Davi:

- Parabéns, tudo de bom para você. Você é romântico, é outro nível. Você merece mesmo essa garota gostosa.

- Amiga, dá valor. – Disse ela para Paola que deu risada.

Letícia era meiga, abraçou Davi e depois Paola e disse:

- Parabéns, você é mesmo especial e foi premiada, felicidades. – Disse ela à Paola e elogiou Davi:

- Você tem bom gosto, ela é linda e simpática, tudo de bom para você.

- Obrigado, você é bem gentil.

Amanda era amiga de Paola e não tinha intimidade com os demais, mas estava lá e parabenizou a amiga:

- Parabéns amiga. Eu te conheço e sei quem você é. Felicidades e amor para você. Seja feliz.

Depois de abraçar Paola, abraçou Davi e fez um pedido:

- Davi, cuida bem da minha amiga, ela não merece ser machucada de novo. Parabéns, ela é incrível.

- Pode deixar comigo. Vou cuidar dela.

Samantha chegou e disse palavras de gratidão:

- Gente, vocês foram as pessoas mais importantes da minha vida. Vocês me ajudaram muito, sem a ajuda de vocês e sem o amor que vocês me deram, talvez eu não estivesse mais aqui. Vida eu não tinha, tive depois que superei meus traumas. Sou eternamente grata a vocês e que vocês juntos sejam muito felizes. Parabéns.

Ela deu um abraço apertado em Paola e Davi.

Os amigos do encontro que lá estavam, Guilherme e sua esposa, Jean, Marcelo, Bia, Jonas, Carol, Erika, Joice, Talita também deram os parabéns para Davi e Paola lhes desejando muito amor e felicidade.

Quando todos foram embora, Jéssica ficou com Patrícia e Débora ajudando Davi e Paola arrumar a casa. Mais tarde, as garotas foram embora. Já era em torno de vinte horas, eles sentaram no sofá da sala, enfim estavam a sós. Era o momento deles. Davi abraçou Paola carinhosamente.

Alguns segundos de silêncio, mas esse silêncio dizia muitas coisas até mais que palavras. Era uma paz enorme naquela sala, um clima sublime de calmaria. A janela aberta, soprava um vento gostoso que batia no rosto como frescor num calor de alegria. Paola se sentia muito feliz e animada. O desejo era que aquele instante fosse eterno, bem, ele seria, ao menos nas lembranças.

Enquanto seus lábios sorriam levemente e ela inclinava sua cabeça no ombro de Davi, ele fazia carinho em seu braço e ela sentia todo o prazer daquele instante que nunca esqueceria. As palavras vieram suavemente e fluidas da alma. Paola teceu as primeiras expressões de felicidade:

- Você me surpreendeu.

- Você me encantou. – Respondeu Davi e ela continuou:

- Não imaginava.

- Eu imaginava.

- Pensei que se acontecesse, ainda demoraria muito.

- Você se revelou minha metade. Não tinha como negar. O tempo criou a gente.

- O tempo nos fez bem.

- Quando te conheci, ainda não existia a gente. Era algo vazio, podia não dar certo. Hoje existe a gente, é diferente. Agora já deu certo.

- Eu nem acredito em tudo o que está acontecendo. Hoje o dia foi muito eufórico para mim.

- É tudo real. É tudo verdade o que disse.

- Eu acredito em você. Com todas as minhas forças e todo meu coração.

- Obrigado. Minha retribuição não será com palavras. Vou te dar toda minha verdade.

- E quero toda a sua verdade e todo o seu amor. Eu te recebo na minha vida com toda minha alegria. Serei tua eternamente.

- Não vou te encher de sonhos como sempre faço. Serei a cada dia o próprio sonho dentro de você.

- Eu te amo, te todo meu coração.

- Eu também. Você me completa.

Davi deu um longo beijo apaixonado em Paola.

- Te escreverei mil poesias.

- E eu serei sua poesia.

Davi ligou para sua família e seus amigos de sua cidade contando sobre seu romance, eles ficaram felizes e ansiosos para conhecer Paola. Ele mandou fotos dos dois. Para sua família, ele fez vídeo chamada e Paola conversou com seus familiares.

Paola também contou para sua família e amigos. Eles fizeram vários passeios aquela semana, foram no shopping, parque, sorveteria e na churrascaria que deram o primeiro beijo. Davi também visitou a casa de Paola. Era terça-feira à tarde, eles estavam no parque. Sentaram no mesmo banco que viram o pôr do sol na primeira vez que foram lá. Dessa vez, abraçados e aos beijos.

Antes do pôr do sol, eles encostaram numa grade de frente com a lagoa e ficaram olhando para os patos nadando naquele fim de tarde. Davi abraçou fortemente Paola por trás, deu alguns beijinhos em seu pescoço e teceu alguns elogios:

- Minha doce boneca. Você é linda.

- Meu gato.

Entre elogios, entardeceu e eles foram embora. Naquela noite Davi jantou na casa de Paola e foi apresentado a família como namorado dela. Eles gostaram muito de Davi, de suas palavras, sabedoria, planos e sonhos. E a semana deles foi de abraços e carinho. Na sexta-feira durante o dia, teve o evento da editora onde seu livro foi apresentado. Na outra semana, teria a noite dos autógrafos.

No sábado à noite, foram na churrascaria que Paola o levou quando se conheceram e o que não podia faltar, o beijo apaixonado olhando para o céu, onde se beijaram a primeira vez.

O lançamento

Sexta-feira chegou, a editora estava fazendo um grande evento onde se reuniu escritores, palestrantes, empresários e a mídia estava lá dando cobertura. A editora aproveitou esse evento para apresentar quem ela intitulava como a nova promessa, o talentoso poético artista Davi. Ele estava fazendo o lançamento de seu primeiro livro.

Naquele evento elegante, seus amigos estavam presentes. Tudo estava lindo e maravilhoso. Seu Camilo que era diretor da editora, chegou em Davi, o cumprimentou, deu parabéns pelo livro e passou algumas orientações. Após essa breve conversa, ele pediu que Davi o acompanhasse até um dos camarins que tinha no evento, na verdade, era um camarim exclusivo para ele receber convidados, dar entrevista e ficar mais à vontade, ele era destaque naquela noite.

Quando Davi entrou em seu camarim, tinha muitas pessoas que fizeram bastante barulho com sua chegada. As pessoas seguravam diversas placas e em cada uma tinha palavras diferentes: "Davi" "Parabéns" "Sucesso" entre outras palavras. Outras pessoas seguravam diversas fotos que contava a história de Davi. Tinha fotos da infância, adolescência, igreja, escola, viagens, amigos, eram fotos marcantes.

Todas as pessoas que seguravam aquelas placas e fotos estavam sorrindo para ele. Era sua família e seus amigos de sua cidade. Todos com muita saudade, veio de surpresa prestigiar esse momento tão marcante na vida dele. Foi uma cena linda de se ver. Quando Davi entrou na sala, Paola foi convidada a entrar logo após ele. Ela viu toda a cena que era muito importante para ele.

Davi cumprimentou e abraçou a todos. Eles estavam muito felizes e orgulhosos de Davi que estava bonito e muito bem. Quando ele deixou sua cidade, alguns desacreditavam dele, mas esse momento estava coroando sua carreira. Com cada pessoa, era um abraço e uma emoção. Abraçou sua mãe, pai, irmãos, primos, tios, avós e amigos.

Depois daquela cena linda, ele reparou que Paola estava lá também, foi até ela, a beijou e apresentou como sua namorada. Foi em torno de quarenta minutos de muita emoção e alegria. Depois de receber os amigos e familiares, Davi recebeu a mídia em seu camarim e concedeu diversas entrevistas.

O evento estava sendo um sucesso e chegou a hora do livro de Davi ser apresentado. Seu diretor, o Seu Camilo, fez a apresentação. Ele falou do livro e do talento de Davi. A editora selecionou algumas pessoas que conheciam Davi e gostariam de fazer suas considerações. Sua mãe foi a primeira:

- Boa tarde. Eu sou a mãe do Davi e estou muito feliz. Ele sempre foi carinhoso, amoroso, estudioso, dedicado, educado, esforçado e determinado. Ele deixou nossa cidade para vir aqui construir sua carreira. Quando ele se despediu de mim, eu disse a ele que viesse, se esforçasse e conquistasse seus sonhos. Hoje é uma noite de conquista e eu estou muito feliz. Parabéns meu filho.

Todos aplaudiram. Rebeca que era bem corajosa também falou:

- Boa tarde. Eu estou aqui para parabenizar o Davi por sua conquista. Eu fui vítima do meu orgulho e minha vingança. Eu não ouvi os conselhos dele. Depois que eu errei, eu aprendi bastante. Ouvindo as palavras dele, eu pude ver sonhos mesmo no escuro que eu estava. Ele é um grande incentivador de sonhos, porque ele enche pessoas de sonhos. Parabéns.

Todos aplaudiram. Paola também falou, ela foi apresentada como namorada de Davi e recebeu elogios do apresentador. Ela discursou:

- Boa tarde. Para mim, namorar o Davi, é privilégio, um presente sem preço. Ele é incrível e está sempre preocupado com o bem-estar do próximo. Ele me ensinou isso, fazer as pessoas sonharem. Ele é um anjo e desejo muito sucesso a ele. Tenho certeza que quem ler o livro dele, vai ter uma visão melhor da vida, porque ele sabe encorajar o desanimado e mostrar o colorido da vida para quem vive no preto e branco. Parabéns amor.

Davi abriu um grande sorriso enquanto via sua namorada em cima do palco o elogiando. Paola estava incrivelmente linda, ela passava a imagem de uma mulher forte, poderosa, independente, conquistadora, vencedora, um mulherão que seria sonho de muitos. Guilherme também discursou:

- Boa tarde. Conhecer o Davi para mim foi um presente. Eu tenho um sonho de um dia ver o amor brilhando nos jovens, aí as pessoas não precisaram de discurso, naturalmente estenderam a mão para o próximo. Eu quero um dia trabalhar em um projeto onde o amor alcança pessoas, onde podemos levar pão ao faminto, um gás para a dona de casa, pagar uma conta ao pai de família desempregado e dá um abraço no mendigo. Eu tenho o sonho de ver o amor envolver as pessoas, o amor verdadeiro que vem do Pai. O Davi me ensinou muito e me fez acreditar ainda mais nesse sonho. Parabéns meu gato, você está lindo e tem uma namorada linda. Felicidades, que Deus abençoe sua vida.

Todos aplaudiram as lindas palavras de Guilherme. Patrícia não poderia estar lá, mas ainda que estivesse, não teria coragem de enfrentar o palco, mas ela mandou um vídeo rápido parabenizando Davi:

- Oi gente. Eu me chamo Patrícia. Eu não pude estar aí, mas estou enviando esse vídeo para parabenizar o Davi e agradecer ele. Eu fazia um curso que odiava, não gostava do trabalho, não tinha autoestima e nem visão positiva do futuro. Depois que conheci o Davi, ele simplificou todas as respostas que eu precisava. Me fez enxergar o meu valor e passei a sonhar com meu futuro. Minha vida melhorou bastante. Hoje curso o que gosto, fui promovida no trabalho e estou muito bem. Parabéns Davi, sucesso para você. Seu livro vai fazer a diferença na vida das pessoas e quero ser uma das primeiras a comprar. Porque antes de você me vender livro, você me vendeu sonhos.

Todos aplaudiram muito porque gostaram do vídeo dela. Jéssica venceu seu medo e também subiu no palco. Tímida ela falou algumas palavras:

- Boa tarde gente. Eu estou morrendo de vergonha, mas como o Davi é meu maior amigo eu vim aqui para dizer que ele é incrível e que tenho certeza que seu livro vai ser muito bom na vida das pessoas. Quem ler vai adorar. É isso, parabéns amigo, sucesso! Beijo, te amo.

Suas poucas palavras tímidas, fizeram todos sorrir. Por fim chegou a vez de Davi fazer seu discurso, quando ele subiu no palco, foi muito aplaudido. Quando fizeram silêncio ele começou:

- Boa tarde.

Todos o cumprimentaram com empolgação:

- Boa tarde.

- Eu estou muito feliz, esse é um dia muito especial para mim. Mais que sonho, hoje é a concretização de um trabalho, de um início de carreira. E tudo está lindo e perfeito. Fui surpreendido, minha família e meus amigos da minha cidade, também estão aqui.

Eles levantaram a mão e fizeram barulho. Davi seguiu seu discurso fazendo agradecimentos, agradeceu a presença de todos, da produção, da equipe, da editora, amigos e família. Também agradeceu os depoimentos dos amigos. Depois falou sobre sua experiência, como foi escrever o livro, sobre suas inspirações e por fim falou dos objetivos do livro e de sua carreira, entrou no assunto sonhos:

- Meu propósito é vender sonhos, por isso escrevi esse livro e estou construindo minha carreira. Eu sempre sonhei e vi que sonhos são importantes. Alguém que deixa de sonhar, deixar de viver. Porque viver sem sonhar, não é vida. A vida sem sonhos se torna triste, vazia, sem sentido e amarga. Sonhos são objetivos para a vida. E o maior sonho é a própria vida, porque a vida é um sonho a ser vivido. Tenha sonhos, tenha objetivos, se solte daquilo que te prende e te amarra. Flutua para cima, seja leve, seja feliz e viva com amor. Viva a vida com alegria e gratidão. Que meu livro possa ajudar pessoas a enxergarem seus sonhos. Todos têm sonhos, pelo mais que eles estejam mortos ou enterrados, mas eles existem, ainda que no mais profundo de cada pessoa.

Todos aplaudiram. Ele fez alguns agradecimentos:

- Quero agradecer minha família por tudo que fizeram por mim. Meus amigos, obrigado pela amizade. Jéssica, mais que amiga é como minha família. Eu fico feliz que minhas palavras tenham ajudado as pessoas. A Patrícia era uma garota de baixa autoestima que não olhava para os sonhos, mas para as dores e conflitos. Quando ela mentalizou seus sonhos, ela mudou. Ao invés de ficar parada numa esfera vazia e infeliz, ela foi para a esfera que fazia ela feliz. Foi preciso coragem, mas ela se encontrou com a felicidade. Tenho outros amigos que fiz o mesmo, os ajudei a visualizar seus sonhos e hoje estão sonhando. Muito obrigado também a minha namorada Paola. Me faz muito feliz, uma garota incrível, beijo amor.

Todos aplaudiram o discurso de Davi. Ele sorria feliz e tranquilo, certo de que tinha escrito um livro inspirador e que ajudaria muitas pessoas enxergarem a vida de modo mais claro e mais leve. E o melhor, as encorajariam a sonhar e buscar seus sonhos.

Na próxima semana ele sairia na mídia e daria a noite dos autógrafos. Seus livros seriam vendidos e existia uma grande expectativa de que ele seria best-seller. Sua vida estava completa, arrumou namorada, cercado de amigos, se estabilizou na cidade, começou a construir sua carreira e estava sendo relevante na vida das pessoas.

Como será sua vida a partir de agora? Fama? Noivado ou casamento? Sucesso do seu livro? Continuaria vendendo sonhos? E seus amigos, como terminaram? A história continua no próximo volume.

Fim.

Fernando Henrique

Me siga nas redes sociais @fhfernandohenrique